读客外国小说文库

激发个人成长

美丽的孩子

[日] 石田衣良 著　孙棣 译

うつくしい子ども
石田衣良

目 录

第一章 结案 / 001

第二章 暴雨中的家 / 085

第三章 人偶操纵者 / 167

第一章　结案

❖

夹杂着"嘎吱嘎吱"调整麦克风架子的声音，里见繁校长开始讲话。

"日本，正冲进一个完全无法预见的时代。在成人的世界里，该如何跟同事交往？大家这样的中学生该怎样学习，又该怎样选择将来的发展方向？这一切都成了问题，不再像以前那样只要墨守成规就可以高枕无忧。"

星期一的一大早，他就如此精神抖擞，着实让我有点厌倦。

繁老头儿自信满满，仿佛我们这些学生就算面临这些难题都没问题。他的言语从校园四角立着的竹竿上嗡嗡传来，音量大得像是要在我们没睡醒的头盖骨上敲出咣当当的回响；而我则凝望着映在梦见山中学主楼上的学生队列。

主楼是座由玻璃和混凝土建成的炮弹形五层建筑，好像曾获得建设大臣[1]颁发的优秀设计奖。正面的红外线反射玻璃中，映出

---

[1] 日本中央省厅下属建设省的长官，属于国务大臣的一种，2001年6月被取消。

四百个中学生像幽灵一样淡蓝色的身影。

"但是,大家不能因此而失去勇气。"

繁老头儿屏住呼吸,缓缓巡视学生的队列。

都五月中旬了,上衣里面的毛背心他要穿到什么时候啊,不热吗?

"大航海时代要到了。"

我听见前方的高羽道正嘟囔着。

高羽腿有残疾,所以坐着轮椅,跟在班长长泽静的后面,排在二年级三班队列第二位。长泽穿着校服的纤细背影微微晃动,似是微微笑了一下。

"危机与机遇并存。每个日本人都开始了没有航海图的旅行,大航海时代来了!我们也许会发现宝藏岛,但也可能壮志未酬就消失在暴风雨的海上。为了完成即将到来的严酷航程,最需要的就是无可替代的个性,以及只需一个主意就能从根本上改变困境的创造力。"

这时,高羽再次接了个话茬儿:"遗憾的是……"

"嘘,安静点!"班主任远藤美佐子老师低声呵斥。

"遗憾的是,到目前为止,日本的教育只能教出喜欢集体行动的人和喜欢念书学习的人。我们这些教师也是,如果被问到大家是否富有个性,我想我们只能给出毫无信心的回答。所以要齐心协力,共同发掘我们每个人心中的宝藏。我也准备和大家一起寻找。也许并不能轻易地找到，但光是寻找这件事本身，就是足够有价值的宝藏了。"

校长合上了嘴，视线移向了梦见山上方刺眼而多云的天空。因为没有风，头顶上的太阳旗懒散地垂向地面。

但是，繁老头儿的声音依旧充满活力："上星期期中考试结束了。期末考试还很遥远。一年中最棒的五月第四周就要开始了。在学习上、运动上、文化活动中、志愿活动中，请大家尽情地挥洒自己的青春活力。这周也请多关照了。"

"请多关照。"四百人的声音没入环绕校园的绿树中，星期一的早会结束了。

学生们就地解散。大家互相招呼着相熟的同学，向各自的教学楼走去。

我们中学围绕着主楼按照星形建了五座教学楼。这些三层楼的教学楼有着高原尖顶小屋般的造型。每座教学楼里一楼是一年级，二楼是二年级，三楼是三年级。所以我们二年级三班的教室在第三教学楼的二楼。连接主楼和教学楼的是玻璃顶的走廊，夏天时就像温室一样热。

我推着小道[1]的轮椅向教室走去。落了花的樱树构成了天棚，叶子绿得仿佛拧一下就会黏糊糊地把手染绿。

---

[1] 高羽道的昵称。

从天棚下面经过时，小道"毛虫毛虫"地大叫着。其实，这个学校的樱树里根本没有毛虫，管理员爷爷早就非常仔细地洒过杀虫剂了。

"喂，阿土，我们说好的事儿，你没忘了吧？"

有人突然从后面招呼道。

我不用回头就知道是长谷部卓。此时离第一节课开始只剩十五分钟了。

惨了，周一一大早就碰到了致命的危机。

※

五月十八日，阴，星期一上午九点，山崎邦昭接到了一个打给朝风报社东野分局的电话。电话铃响过一遍之后就要立刻接起来，这是山崎的工作之一。

"您好，这里是东野分局。"

"哟，是小哥啊。梦见山警署辖区内好像有个小学女生失踪了。马上就要展开公开搜查，详细情况一会儿再说。"

这熟悉的低沉嗓音，来自负责与县警联络的须田淳。电话是从常陆县县政厅所在地凑市中区的县警总部七楼打来的。

"记者俱乐部的反应如何？"

"不知道会不会变成刑事案件，所以暂时没动静。"

坐在桌子旁沙发上的分局长津野英彦本来正浏览对手报社的早报，山崎放下电话后，津野的目光穿过架在鼻尖上的老花镜转向山崎。那件永远不变的白衬衫上挂着戴了二十年之久的领带，老旧得像化石一样。

"能作为报道素材吗，年轻人？"

"不知道，说是我们这个辖区出了儿童失踪事件。"

"男孩？女孩？"

"女孩。"

"以你的感觉，值得报道不？"

"这……"

这种时候，如果是大泽前辈的话，就能很好地反驳回去吧？山崎一面这样想着，一面硬着头皮露出孩子般的笑容，夸张地挠挠头。这是儿时养成的习惯，一为难就爱这么做。山崎是比兄长们小很多的幼子，惯于用这种表情讨父母欢心。

"听好了，年轻人，以后不许再在我面前挠脑袋。"

分局长再次埋首早报。这就是总共只有三个人的东野分局。大泽伊吕波本该和他们同享这份尴尬的沉默，却在上午时出去采访了。然而，分局长和山崎都知道，早上起不来床的大泽一定会在周一安排外出采访。

山崎呆呆地看着煞风景的分局。白色的墙壁配着灰色的瓷砖。从镶死的窗户可以看到外面市政厅大路两旁的悬铃木。这是日本任何市镇都有的那种办公室，仿佛工厂组装出来的标准产品。

非要说与其他事务所有什么不同的话，那就是四十平方米的房间中，近一半被灰色的钢制书架占据。上面摆着所有的国家级报纸、常陆县地方报、周刊和科学杂志。不断增加的资料像山一样多，把孤岛般的办公桌都挤到了窗户边，连桌子上都被大量的文件侵占。靠墙的长桌子上放着两台传真机，还有一台与总部联网的发稿专用电脑。房间角落的电视机柜上摆放着一台二十一英寸的电视机，整日都开着的屏幕上小声播放着NHK的天气预报。

十分钟后，从县警记者俱乐部的朝风报社信箱传来了一张A4纸的新闻稿。这是匆匆写就的横版文书，上面跳跃着向右上方倾斜的文字。

小学女生失踪案

△失踪小学生的姓名　　　向井香流（Mukai Kaori，九岁）
　　　　　住址　　　　　东野市梦见山1429号
　　　　出生时间　　　　平成元年[1]四月二十五日
　　　　小学校名　　　　东野第三小学校
△失踪小学生的监护人　　向井孝明（四十一岁）
　　　　　职业　　　　　公司职员（就职于常陆精机）

---

[1] 公元1989年。

△失踪小学生的身高	一百三十五厘米
体型	身材纤瘦，及肩长发，梳着马尾辫
△失踪时穿着的服装	上着藏青底色、向日葵花纹的短袖连衣裙
	脚穿米黄色新百伦的慢跑鞋
△失踪时的情况	五月十七日下午两点左右，和母亲说了句"去附近同学家玩"就出门了，此后再无消息
△搜索情况	县警三十人、自治会[1]和消防团六十人正搜索中

山崎复印了一份，把原件还给津野。

分局长从上到下扫了一眼，对山崎说道："年轻人，去呼一下大泽的BP机，让她电话采访梦见山警署。如果事件不断升温，你就去跑一趟。在晚报早版的截稿时间前，尽可能收集信息。"

山崎按下了梦见山警署宣传课[2]的快捷拨号号码，几乎与此同时，津野从分局长办公桌上拿起电话拨通了朝风报社凑总局。

九岁女童失踪案。星期一的早晨，这条消息唤醒了昏昏欲睡的分局。

---

[1] 城镇内或校区等居民或民间团体，为自治经营管理社会生活而成立的组织。
[2] 日本警察系统中负责新闻发布的部门。

❖

"阿土,过来一下。"长谷部卓胜券在握、得意洋洋地说。

从卓身后能看到教体育的本山老师正穿过走廊向第三教学楼走来。卓注意到我的视线,回头对远处穿蓝色运动衫的本山老师点了点头。卓身材很高,运动拿手,头脑不错,长相也不差。但在班级中,我就单单和这个家伙不对付。虽然我怎么都搞不清理由,但我们就是会起冲突。

长谷部的左右跟着他的两个跟班——西垣稔和成濑礼次这对不协调的凹凸组合。他们一起摆着一副蠢样子冷冷笑着。一个矮冬瓜,一个傻瓜。话虽如此,其实矮冬瓜西垣稔与我的身高也差不多。三个人统一穿着鹿岛鹿角[1]的队服。而其中穿着国家队总教练济科球衣的,当然就是长谷部卓了。

"小道,不好意思,你能自己先回教室吗?"

"能倒是能……"

高羽在轮椅上扭过上半身,担心地抬头看着我。

"没事的,就是和他们有点话要说。"

"对的,对的,我们就是让阿土遵守我们之间的约定嘛。"

---

[1] 指鹿岛鹿角足球俱乐部,是一家位于日本茨城县的职业足球俱乐部。

高羽摇着轮椅上了通向鞋柜的缓坡，换室内便鞋时屡屡透过玻璃向这边瞥来。

　　"那好，我们走吧。"

　　长谷部说完，凹凸组合立刻跟着淫笑。真让人火大。我被三个人围着，拐过一年级的年级花坛，带到了第三教学楼的背面，空无一人的石子路上。它的前方通向后山的密林。唉，早知道会变成这样，之前不逞一时之勇就好了。

　　这就是令我懊悔不已的"紫阳花事件"。

　　事情出在上周六放学后，期中考试的紧张解除后的午休时间，留下参加社团活动的同学在教室的各个地方，把桌子并在一起，打开了各自的便当。

　　就在我打算回家的时候，坐在附近的石上满里奈说道："三村，问一下啊，紫阳花呈蓝色，是生长土壤为碱性的缘故吧？"

　　在我们班上，关于植物的问题大家一向都来问我。突然被班上第一美少女搭话，我不禁有些飘飘然。虽然对答案也不太确定，但我还是很来劲儿地答道："碱性土壤会开出蓝色的紫阳花，酸性土壤则会开出红色的。"

　　斜后方的凹凸组合和正在吃午饭的长谷部卓听到了这话，不禁问道："阿土，你是说真的？"

　　"是真的啊。"

　　虽然不大自信，但当着石上满里奈的面，我唯有死撑到底。

卓带着愚弄意味,笑了一笑,说道:"那我们来打个赌吧。"

"好啊,赌一千日元?"

"不要,就算从你那里拿到一千日元也没什么用。如果你是正确的,你让我们三个人做什么我们都干。如果阿土你弄错了嘛……"

"如果我弄错了,又怎么样?"

"就吃我的大便。"

都被对方说成这个样子,我不可能再闭嘴听着,立刻反驳道:"不管是不是大便,我都吃给你看!虽然我可不觉得卓的大便好吃。"

那天下午回家后,我立刻从书架上取出植物图鉴,上面说土的酸碱度与花颜色的关系并不明确。在土里放入铝或铁之后,粉色的紫阳花会变成蓝色也只是个土说法。花色的变化和含有金属离子的化合物虽然相关,但这个机理目前尚未研究清楚。

我眼前一黑。

继黑暗的周日之后,悲剧的早晨来了。

大危机啊!

离开始上课只有十分钟了。我靠在冰冷的墙壁上,被坏蛋三人组团团围着。

长谷部笑着拿出一个茶色的硬纸袋,从中缓缓取出某物。

他指尖夹着的是一次性筷子,上面印着红绿相间的便利店标志。

卓把那双还带着包装袋的一次性筷子递给我，大笑道："就算是阿土这样的人，也很难用手抓着吃吧。"

那是恶魔的微笑。

然后，卓又用指尖捻着拿出一个透明袋子，是超市常见的装炸煎饼用的空袋子，装的就是那种名曰"油炸黄金"的东西。我看到袋子内侧被油沾得滑腻腻的，胸中不禁怦怦乱跳。

残留着煎饼油渣淬淬的袋子底部，放着一坨夹缠着纤维质碎物的茶色固体。

"虽然味道不佳，但好歹是今早刚下来的新鲜货，你随意享用吧。"

卓又笑了。两个跟班屏住呼吸，瞪视着手持筷子的我。

如果眼一闭牙一咬，恐怕真能吃下去吧。但若真这么做了，我"土豆"的外号肯定又会被卓他们用新的外号取代。最好的可能也不过是"大便豆"或者"大便铃薯"吧，无论哪个省略之后都会变成"大便"。

我想象了一下接下来这一年有余的初中时光……

永别了，同学们。

"你们干什么呢！"

纤细的喊声响起，我们顺着声音传来的方向回过头去，只见班长长泽正拐过教学楼的转角。

班长急急赶来。高羽紧随其后，不顾石子路绊着车轮，拼命摇着轮椅。

卓一副扫兴透顶的表情，凹凸组合也一下子不安起来。

"长谷部，你在对三村做什么？"长泽的身体与他的声音一样纤细，但是清冷严厉，直视着卓的目光里完全看不到任何感情。

"我们只是想让阿土遵守我们上周的约定嘛，又没欺负他。"

"这个约定，就是让三村吃下长谷部的排泄物？"

"这个嘛……"

班长长泽瞥了我一眼，淡淡说道："双方都同意的话，我自然不会反对。只是，如果继续下去的话，我会报告给远藤老师哦。长谷部，你们的行为从在校生活态度和积极性这两点上怎么评判，就交给老师来决定吧。"

他的头脑好得简直想让人拍手称赞。不动声色地提及会影响成绩报告中学习状况评价的两个重要标准——态度和积极性，对成绩不太好的卓他们来说，肯定是非常有力的威胁。

卓眯着眼瞪了我一下，转身走了。两个喽啰随之离去。

我望着卓的背影，说道："你忘了这个开玩笑用的道具。"

我把手中的一次性筷子在头顶上挥了挥。卓回过头来。那一瞬间，他脸上的表情非常可怕。

只听他狠狠说道："三村，不要太得意忘形哦。"

救世主的声音还真酷啊。

※

"早上好。"

打开东野分局的毛玻璃门,大泽伊吕波在上午十点半过后才出现。此时离晚报早版截止时间十一点只剩下一点点时间了。她穿着瘦长的浅灰色西装裤,配着藏青色上衣。每当她大步走动,从黑色尼龙挎包上垂下的CD耳机就跟着一晃一晃的。无框眼镜后面那对双眼皮的大眼睛兀自肿着。

"东野三小那边的情况怎么样了?"

"据说PTA[1]全员出动,从昨晚开始一直在搜寻。目击情报暂时只有一个。十七日下午两点十五分前后,一个同学的母亲看见她在附近的儿童游乐园独自一人……再就是这个。"

大泽递给津野一张B5的复印纸,上面印着一个笑着比出V字手势的女孩的照片,并有"寻人启事"几个大字。文字处理机打出的文字下面,用粗体记号笔写就的女孩家庭电话号码黑黑地扭曲着。

"失踪的女孩总是长得很可爱的那种类型啊……"分局长嘟囔道。

大泽继续说道:"小哥那边的情况如何?从梦见山警署得到消

---

[1] Parent Teacher Association的缩写,即"家长教师协会"。

息没有？"

山崎的目光落在采访笔记上，看了看打开的那页上水笔写下的潦草笔记，说道："女孩家里目前为止还没收到任何索要赎金的电话。警察那边正作着刑事案件和事故的两手准备，进行搜查。"

"明白了，总之先向总部发稿吧。交给你了，年轻人。"

山崎闻言转向了报道初稿的专用电脑。显示屏上一片雪白铺展开去，仿佛是从未有人踏足的雪原，微微地唤起了他的恐惧。山崎用食指和中指以三十二分音符的节奏敲击键盘边缘。这是他写报道稿前的习惯，常常被大泽抱怨很吵。紧张感逐渐上升，屏幕上浮现出开始的几个文字之后，下面的内容就像是被拖拽出来一般，报道稿的雏形不知不觉就写出来了：

> 东野市梦见山区某公司职员（四十一岁）的长女（九岁，市立小学三年级）于本月十七日下午失踪，常陆县梦见山警署于十八日开始展开公开搜查。女孩曾在十七日下午两点左右，与家人说去离家约三百米远的同学家玩，独自出门后便再无消息。梦见山警署出动了机动队[1]员和自治会员等约九十人展开搜索。失踪女孩上

---

[1] 警察机动队的简称。担任治安警备、灾害警备的警官队。

着藏青底色、向日葵花纹的短袖连衣裙,脚穿米黄色慢跑鞋。

山崎把打印出的报道交给了分局长。津野一字一句地仔细读着。

"不错嘛,就这么发稿吧。另外别忘了把女孩的照片一并用传真发过去。"

山崎的脸色变得明朗起来,他按下确定键,把稿件发给了东京总部的社会部。

十分钟后,从总部社会部编辑部主任那里发来了通知,告知将以极短篇报道的形式刊载这则消息。正午过后,晚报早版的校样被传真过来。报道只占了社会新闻版的一小块地方。

总部社会部给报道加了标题:《小学三年级女生失踪》。

三人轮流把校样检查完毕后,都快一点了。

大泽说道:"大概也就这样了。我留在这里接电话,局长和小哥去吃午饭吧。"

"我吃便利店买来的东西就行了。不知道为什么,总有种不祥的感觉。"

津野用遥控器把电视音量调高。

然而,NHK下午一点的全国新闻竟然没有播出梦见山女童失踪案的消息。

❖

第六节课是远藤老师教的国语,今天的主题是俳句鉴赏。

"起立,敬礼,坐。"

长泽喊道。美佐子老师钻到讲桌下面,给自带的笔记本电脑接好电源。五月的这个时候,教室里的空调还没有开。我讨厌空调。从打开的窗子,会有风穿过山毛榉林、翻越梦见山山坡吹进来。只要有这个便别无所求了。老师在黑板上用粉笔嗖嗖地写着:

二株梅发有早迟,吾同爱之。

梅雨潇潇大河阔,对岸寂寂两家人。

"有人知道这是谁的俳句吗?"

二十七人的班级几乎全员举手。老师左手在键盘上不断游移,确认谁没举手。

"那就……西垣同学来回答吧。"

"是!是江户时代的人。"卓跟班中的那个白痴爽快答道。

"是江户时代的哪个人?"

"我正在想。"

美佐子老师苦笑了下。西垣稔一点都没有胆怯畏缩，因为就算回答不上问题，也要做个姿态显示一下对学习的主动性和积极性。简直像个傻瓜。

"那，有人知道这个作者而且记得该作者的其他俳句吗？"

这回举起的手就只剩三四只了。

"长泽同学。"

"是俳人与谢芜村。手持草履涉小河，炎夏趣多。"

"答得很好。还有……八住同学。"

"岩仓狂女慕良人，子规声声啼。"

美佐子老师一时竟有些语塞，须臾方道："没想到你连这么艰涩的都知道。"

又响起了两下敲击键盘的声音，老师给长泽和八住春纪加了分。

八住春纪是图书委员，留着一头男生式的短发，总穿着牛仔裤，有时还会说些非常古怪的话，有男生甚至怕得不敢接近她。不过，她长得其实蛮可爱的。

"下面我们就进正题吧。请翻到教材第六十四页。与谢芜村是十八世纪的俳人，年轻时曾在我们东野市的某地辗转颠沛十余年。今天，我们就从芜村的两个俳句里学习一下数词的作用。"

与往常一样的第六节课开始了。我开始装傻充愣。

放学后，我、长泽和小道结伴回家。我觉得今天这种非常时期不适合独自一人。我们穿过主楼前的樱树林荫道。长泽穿着黑色立领制服，我穿着卡其色棉质裤子、深绿的火狐短袖T恤，小道穿着正红的针织套衫和牛仔裤。小道坐在轮椅上，抬头看向新叶构筑的屋顶。

"最边上的那株樱树，好像和别的有点不一样呢。"

林荫道的樱树上全都用铁丝挂满了白色的塑料解说牌，上面写着相同的字样：染井吉野樱A-1，染井吉野樱A-2……

长泽一脸无奈，说道："阿土，不要说太久哦。"

"明白！染井吉野樱是大岛樱和高盆樱的杂交种。所以不同的树继承两边基因的程度不一样。最边上的那株染井吉野樱，叶子边缘的锯齿虽然和其他的一样，但叶身又圆又大，顶端是尖的，说明是大岛樱的基因体现得比较多。这就是做樱饼用的叶子哦。这棵树开花也晚十天左右，花本身比起粉色更接近白色，花瓣也大，一定是更像大岛樱。"

我使劲一跳，折了截树枝下来。

富有光泽的叶子中间挂着红黑色的果实，挺像超市进口货展柜上的黑樱桃。

"这东西一般都不食用，但确实可以吃哦。"

递给小道和长泽之后，我自己也咬了一口。特别特别酸，余味却有点儿甜，散发着尘土和春日阳光的味道。

我把剩下的叶子收进包中，以便做成标本。

"真可惜啊，阿土要是把调研植物的工夫用到学习上，准进年级前十。"

一直都是年级前三的班长讶然感叹。其实，植物观察不是一点没用。我正是以此参加了国立大学附属中学的特招考试，凭我的成绩本来完全不可能考上这种学校。况且，专心于不喜欢的事情，对我来说完全不可想象。

小道打趣道："就算那样，阿土也无法超过长泽和松浦啊。"

松浦是二年级五班传说中的高材生，无论哪次考试都没让出年级第一的位置，在春季的学力测试中更是拿了全国第二。听说那个全国第一由于学习过度，患上了神经衰弱，自杀了。因此全国几十万人中的第二其实就是第一名。然而，这家伙又不是一个劲儿死学的书呆子，不光担任班长，而且在剑道部也很活跃。

他很爽朗，个子高挑，脸上没有痘痘，男生女生都喜欢他。

总而言之，人生来就是不平等的。

※

朝风报社东野分局的传真机收到了从梦见山警署发来的情况报告，上面有手写的追加信息。此时都过了下午两点。内容有以下七项：

（一）女孩说去她家玩的那位同学的姓名和地址。

（二）女孩是星期日与家人吃过午饭后外出的。

（三）两点十五分，同学母亲声称见过女孩。

（四）警察、消防员、自治会、PTA、老师、监护人等全体出动展开搜索，但截至十八日正午仍无任何线索。

（五）公开女孩照片、家人真实姓名等事，已征得女孩父亲的许可。

（六）五十名警察与包括消防员在内的一百二十人共计一百七十人加强了搜索力度。

（七）十八日下午三点，女孩的脸部照片与全身照将在梦见山警署公开。

分局长拿过传真浏览，表情渐渐严肃。

尔后，他说道："年轻人，去梦见山警署参加三点开始的照片发布会。"

山崎立刻出了分局。梦见山警署在南边的梦见山新区，离坐落在东野市中心的分局有大约十分钟的车程。他与署长松浦慎一郎是在松浦担任少年课[1]课长的时候认识的，曾有那么两回在慰劳会上一起喝过冰啤酒。山崎发动自己的车，从分局地下停车场并

---

[1] 日本警察系统中专门处理未成年人犯罪案件的部门。

入市政厅大道上稀疏的车流。自己这辆银色四开门的本田车贷款只还了一半。

穿过东野的市区用地，左右一望是广阔的水田。五月的田地里禾苗间是安静的水面，令山崎想到了荧光笔的绿色。仿佛是水稻的生命本身在随风摇曳闪烁。

铺装平坦的两车道国道的前面，双驼峰状的山脊线不断靠近。眼前低一点的是梦见山，后面连着的稍高出一小截的是后山。后山顶上稍微偏一点的地方矗立着送电铁塔。高压线画出平缓的弧度，向远处延伸。

新区被远处的山峦簇拥着，就像从空中用平行尺规划的一样，整齐有序地扩展开来。这里总共有三千五百户人家，人口一万一千人，拥有三所中学、两所小学，曾经是新兴住宅区。东野市作为日本振兴科学技术的中心，是依照国家项目而建的"科学城"。丰饶的自然环境中，聚集了包括四十六所国家研究机关在内的三百多个研究所。梦见山地区是被指定为研究学园都市的东野市的住宅区，从昭和四十年代[1]开始快速发展起来。

眼前这座海拔不过八十米、与其说是山还不如说是小高坡的小山丘顶部一带，坐落着知名重点中学梦见山中学的校舍。从这里可以看见一道白色光芒笔直地贯穿山坡斜面。玻璃通道每日里

---

[1] 公元1965—1975年。

把优秀的学子们吸上山顶，它连接着住宅区和中学，是县内最长的扶梯。梦见山中学俯瞰着为绿色所环绕的新区，像是拥有蓝玻璃天守阁的城堡。在现代天守阁的上面，阳光透过薄云，天空耀眼而宽广。

（就在这座城里，一个九岁的女孩失踪了……）

五月的水田也好，模型般的新城区也好，似乎对女孩的失踪漠不关心。

本田车从梦见山地区的西北部进入了新区。开到哪里都是接连不断的标准住宅，细节固然是各不相同，外观上却一模一样。单侧双车道的道路旁，每条街道都种植着不同的行道树，有柳树、悬铃木、蚊母树、榉树。每拐过一个路口，树的色调都会有变化，如同一首和谐的绿之乐章。这是星期一的下午，街上几乎看不到步行的人影。

住宅区中有个占地接近三十个停车位的白色六层建筑，正是梦见山警署。山崎把车停在入口旁。自动门旁边站着一个年轻警察，身佩警棍，腰间别着步话机和枪套。山崎对他说了句"辛苦了"，随后便穿过大门走进去，在一楼接待处出示了记者证。

"请问三点开始的照片发布会在哪里进行？"

"在二楼的第一会议室。"

回答他的是一位与他差不多年纪的女警察。离发布会召开还有大约三十分钟的时间。他想去和认识的探员打听下情况，便登上了扶梯旁的楼梯向三楼的少年课走去。途中在楼梯间碰到了正从上面下来的松浦署长。署长对扶梯的痛恨在警署里面是出了名的，不管再怎么累都只用楼梯上下。松浦慎一郎警视正[1]现年五十多岁，像一个久经磨炼的警察惯有的那样，皮肤被晒得黝黑，结实的身体上穿着水蓝色的制服，肩上戴着藏青色的常陆县县警肩章。

"好久不见了，松浦署长。"

"哦，山崎啊，最近还好吗？"署长严肃的表情瞬间放松了一下。

"嗯，还好。关于女孩失踪的事怎么样了？"

"这个啊，到底是刑事案件还是事故，尚不清楚。"

他边说边下了楼梯。

山崎望着远去的背影，喊道："请加油！我会再来的啊！"

"好。"署长的声音从楼梯间下面传来。山崎穿过少年课敞开的大门，房间里并没有看到他认识的探员。尽管如此，他还是试着采访了一下，却没挖出任何有关女孩失踪案的新情报。

下午三点，照片发布会准时开始，但仍没有任何新消息。宣传课长仅仅是读了一下早就被媒体刊登了的新闻稿，然后把失踪女孩脸部照片和全身照的复印件发给了记者。照片发布会不到二十分钟就结束了。山崎环顾会议室，发现四家全国性的报社，两家地方报

---

[1] 相当于中国的高级指挥官。日本警察官阶分为十级，从低到高依次为：巡查、巡查长、巡查部长、警部补、警部、警视、警视正、警视长、警视监、警视总监。

社，还有一家通讯社，七名记者，没有电视媒体的摄像机。

知性风、体育系、轻微的鸽派风格……每家报社的记者都奇妙地带着各自独有的色彩。谁属于哪家媒体，连山崎这种入行不到三年的人都能准确猜出。

山崎在下午四点前回到了东野分局。津野正在浏览刚到手的其他报社的晚报。山崎也看了看其他报纸的社会版，终于歇了口气。关于东野的女童失踪案，只有两家报社以极短篇报道的形式很不起眼地报道了一下。事件细节和女孩的脸部照片也没有刊载，总之没有把它当作能占得头条的重大新闻来处理。

下午六点，从早上开始就多云的天空在夕阳的照射下弥漫开一片紫红色，梦见山警署发来的第三篇通报送到了东野分局，依然没有女童失踪案的有力情报，搜索也毫无进展。

◆

我与长泽和小道在梦见山扶梯的出口处道别回家。平日里在新区几乎看不见行人，这天转过街角后却发现站着一堆手拿传单的大婶和老人。穿过梦见山南的儿童游乐园，穿着藏青色连体制服的机动队员拿着长棍捅着低矮的树丛。我想起昨晚妈妈很是关注的失踪女孩。虽然动画片里的诱拐案件看起来很有趣，但发生在现实里就让人觉得很不舒服了。

我家是梦见山一千多号。如果是新区的居民，一听这个数字就知道在西南地区。街道上住着很多大公司的职员和公共机关的研究员，很宽敞地排列着一片独门独栋的住宅。走在不见行人的红花七叶树大道上，我到家了。我家是一座外墙贴着白色陶瓷的房子，整体透着微微的尘灰色。窗前是配套的白色蕾丝窗帘。带顶棚的车库现在空空如也，里面立着一块破旧的滑板和一辆山地自行车。

白色铁门上有镂空的藤蔓纹饰，花纹的叶脉上面积满了灰尘。我推开门走向玄关，两者间的距离以我的步幅算正好七步。我在白色大门旁的橄榄木盆栽上摸索了一番，没找到钥匙。拉开门把手，发现玄关的门没有锁。入口处的横框上散乱地扔着弟弟和枝的耐克鞋，虽然是新买的却满是污垢。以和枝爱整洁的性子来说挺少见的。

我走进玄关，穿过右边铺着木地板的客厅来到厨房。里面一个人也没有。白色的松木桌子上放着妈妈留下的便笺：

千生、和枝，到家了吧？

我等瑞叶拍摄结束之后就会回来，应该不会太晚。如果晚饭时没赶回来，你们就用微波炉热下冰箱里的饭菜吃。当零食的奶油巧克力蛋糕也在里面。饭前别忘了洗手。千生别忘了脸也要洗哦。

绿♥♥

竟然还有两个心形记号，都四十好几了还干这个。我从冰箱里拿出巧克力蛋糕，两口吃完。当然没洗手。然后我把包扔在客厅的沙发上，走向玄关左手边的洗手池。不洗脸哪行？

我看着镜子。虽然一天三次用具有杀菌效果的洗脸皂洗脸，但脸上的青春痘一点都没有减少。尽管爸爸说新陈代谢旺盛是年轻的证明，但我"阿土"的外号就来自我疙疙瘩瘩的脸颊。和枝也好，瑞叶也好，不需要使用药用香皂，皮肤也光滑闪亮，五官也很漂亮。弟弟妹妹长得像面庞美艳的妈妈，而我则长得像不起眼的爸爸。还记得五年前那个软包装西式炖菜的广告吗？

就是那个打着"肉大""料足"的广告语，一个小女孩把牛肉块勉强地塞进嘴里的广告。这个广告一时间被大家广为议论，我想很多人都还记得吧。那个小女孩就是瑞叶。

妹妹今年八岁，在东野第三小学读三年级。她今天向学校请了假，在一个租来的摄影棚里为本地一家超市做宣传模特还是什么。由于爸爸的工作调动，我们不得不离开东京，妈妈一直很遗憾的样子。妈妈说瑞叶很有才华，被摄像师夸奖后能立刻记下此刻的表情，然后就可以一直做出同样的表情。因此每次拍摄时能发挥出的表情也越来越多。在瑞叶走红前，妈妈一直在做和枝的经纪人。弟弟和妹妹属于同一家事务所。瑞叶的工作突然增多，妈妈就只为她一个人奔忙了。于是原本就不喜欢模特工作的弟弟便辞掉了事务所的工作。

我则是连一次都没有被带去参加模特经纪公司的面试，因为我不是弟弟妹妹那样漂亮可爱的孩子。我还很清楚地记得，妈妈在弟弟妹妹小时候，常常一边亲着他们的脸颊一边这样说："这孩子生得真漂亮啊，长大后一定能成为一个美丽聪明的人。"

我一次都没有被这样夸过。

土豆！有时候外号的确能精准地展现一个人的特征呢。硌硌棱棱、坑坑洼洼、带着泥土的结实的土豆，就是我。这个作物原产地是南美，在爱尔兰和普鲁士的饥荒中救了很多人。但在如今的日本，这些都无人在意。就算作为零食的薯片受人欢迎，灰头土脸的土豆还是没人喜欢。

我用肥皂洗了脸，用剩下的化妆水试用品拍了拍脸颊，上了二层自己的房间。走廊尽头的门被和枝在小学六年级时贴上了薄膜，变成了全黑的样子，像占卜师家的房门似的。图案是黑暗宇宙中散落的点点繁星。

"和枝，我回来了。"

我先打了声招呼。和枝比我小一岁，是梦见山中学初一的学生。像往常一样，他没有任何回应。只有电影的声音从黑色房门里低低传来。还在看录像哪。他一般看的都是科幻电影或者恐怖电影。和枝喜欢雷德利·斯科特、大卫·林奇什么的。他总是拉上窗前的遮光窗帘，挂上黑色天鹅绒布，一个人看着录影带。怪人！

然而，大家不是都说，与众不同的地方也正是一个人的个性所在嘛。

※

公开搜查的第二天，十九日，星期二的早上，山崎像往常一样在八点刚过时来到了东野分局。打开分局的门锁，接上复印机的电源，这一直都是山崎的工作，但今早全被分局长津野做完了。

"早上好。今天您来得好早啊。"

"因为比较惦记那个孩子的事。"

津野抬起下巴指指贴在白板上的寻人启事传单。山崎在热水间泡了今天的第一杯咖啡。这时，分局的电话刺耳地响了。

津野接起电话，说道："您好，朝风报社东野分局。"

"这里是县警署宣传课。梦见山警署辖区内失踪孩子的尸体被发现了。"

"啊？好的，请说……"

常陆县警记者俱乐部正在构建一个为重大事件发生而准备的紧急联络网，好让县警宣传课能第一时间向各家报道媒体发送信息。运作形式是当月的记者俱乐部值班报社从县警宣传课收到联络后，再把信息发送给其他各社。朝风报社正是五月的值班报社。

"发现尸体的时间是十九日上午八点,地点是梦见山山区后山山顶附近东野市自然保护课的工具屋。自然保护员为了修整后山树林打开工具屋的门,于是便发现了尸体。发现者是三十七岁的岩崎佳丈和二十六岁的桂治美二人。"

县警宣传课的职员像念笔记似的,淡然说明了情况。津野右手的2B铅笔在再生纸上不停走动,草拟着新闻稿的概要。

津野似乎有些焦躁,问道:"确定就是那个失踪的女孩?"

"很遗憾,我想就是那个失踪女孩的尸体。"

津野全身鸡皮疙瘩都立了起来,头脑有一瞬间完全空白。这是每当他遭遇重大事件时就会袭来的自然反应。超过二十年的记者生涯中,大部分事情他都适应了,但就这个空白的瞬间无论重复几次都无法习惯。新鲜的冲击把身体中残留的迟钝感一扫而空,甚至连肌肤表面都能感到火辣辣的刺痛。

津野把笔记递给山崎,指尖伸得笔直。

"把这个给其他报社用传真发过去,再用电话通知一下。做完后你也去现场。"

津野干劲十足地按下朝风报社凑总局的快捷拨号键。

接电话的是日比野义典总局长。

"喂……津野啊,出事了?"

总局长的声音响起。

他暗地里被大家叫作"公家先生",总是一副优哉游哉的样子。

"失踪女孩的尸体被发现了，地点是梦见山中学的后山。"

日比野在电话的另一端一时语塞。

"希望总局能够支援我们。可以请总局长联络总部的社会部吗？另外也请把总局的摄影报道部派过来。还有，直升机的出动申请也拜托您了！"

"知道了。我会转告总部让他们把晚报空出足够的版面。县警营的宫岛、大植和吉见我也会派到现场，尽管用吧。"

"这边我让大泽去了女孩家，让年轻人去了现场。您那边还能再出一个人去女孩所在的市立小学吗？"

"了解。现在手头没什么事儿的人……喂！八木，来工作了！津野，我派他去了。"

"明白了。如果有新消息我会立刻发过去的。"

津野挂了电话，立刻呼叫大泽的BP机。对方回复的电话马上就来了。

"大泽？现在在哪儿？"

"正在去分局的路上。"

"失踪女孩的尸体发现了，你就直接往女孩家去吧。地址知道吧？采访一下女孩父母和附近居民的想法。还有，如果能弄到一张比警察公布的那个更清晰的脸部照片就再好不过了。"

"明白了。"

津野终于歇了口气。此时，山崎也完成了和其他各社的电话联络。

津野松了松领带，对山崎说道："不祥的预感果然总会应验。现在我们比其他报社只领先了半步。到现场后去把新鲜出炉的感受带回来。事情才刚刚发生，趁先入为主的观念还没形成，去仔细感受一切吧。"

"明白！"

山崎一口气喝掉冷掉的咖啡，立刻离开分局，发动汽车向现场飞驰而去。路线和昨天相同。黑黑的发光的柏油路，贯穿了摇曳着绿色的水田。铺满新绿的梦见山耸立在排列整齐的新区中央。唯一与昨天不同的就是天气，今早微微白浊的五月天空一望无际，眼前一派恬静的田园风光。

山崎握着方向盘，脑中想着那具身高一百三十五厘米的女孩尸体。念及此，仿佛腹中被猛地刺入了一只来历不明的黑手，只有他一个人在的车子里不期然地响起了叫声。幼小的尸体，明媚的春光，刚刚开始的事件。

对最初动向的处理无论是于搜查还是于报道来说都是最重要的。不管发生了怎样的事件，从发生的瞬间开始，消息总是在不间断地恶化。随着时间的流逝，人们记忆的强度就会弱化，新鲜感也会丧失，报道和传言等二手信息会反噬以目击证言为开端的重要的第一手情报。还没有任何人接触过的来自新鲜现场的语言，比什么都重要。掌握第一手资讯，最早报道出来，这就是山崎的工作。在这种情况下，出色完成这个工作，也会在告慰女孩在天之灵的战役中发挥作用。山崎如此坚信着。也许显得太单纯，但在杀害儿童的案件里，就算如此坚信，无法为之的事情也还有很多。现场总是充满了悲叹。

刚过上午九点，山崎的车在离通往现场的国道只有两公里的地方遭遇了堵车。一般来说，在去往梦见山的途中遇到交通堵塞是完全无法想象的事。原来是警察在盘查过往车辆。凸向水田的停车场上，每辆车都被拦下来接受驾驶执照和后备厢的检查。距离以红色交通锥围出的临检队伍最前端，还排着数十辆汽车。这条路是直道，没有岔路可走。山崎下了车，从路肩走去，向警官出示了记者证和朝风报社的社旗。

"我是过去采访的，请问可以让我先过吗？"

"不行。"

后来不管说什么，表情严肃的警官都只是摇头不允。山崎只得放弃，回到车里，他把社旗放在了透过挡风玻璃可以看到的地方，然后把车停在路肩上。背上小型自动相机，他穿过水田走上国道。案件现场就在眼前，没道理为了这种事而止步不前。

茁壮成长的禾苗随风摇摆，水田里泛着浅绿的波纹。山崎很久没这么运动过了，五月清爽的风清凉地充满着他肺部的每个角落。身后传来轰鸣声，山崎仰头望天，只见直升机越过自己头顶，向梦见山的方向轻轻滑去。

重新整了整从肩上滑下来的背包，山崎加快向前赶去。

❖

我最早是从同班的舛田恒之那里听说这件事的。舛田很胖，经常满身大汗。那个早上很晴朗，因为是五月所以也不闷热，但是田胖在上学的途中还是在脖子上缠着擦汗的手巾。

"喂，阿土，听说了没？据说失踪女孩的尸体在后山被发现了。"

"真的？"

我吃了一惊，后山是我从孩提时代起就常去玩耍的地方。

"嗯。我父母是自治会的负责人，所以接到了电话通知。"

我不知说什么好。失踪女孩和妹妹瑞叶同是东野第三小学三年级的学生，只有九岁。设想若是瑞叶被杀了……我心里一下子就不舒服起来。

大家一面环顾四周窃窃私语，一面汇成去往梦见山的人流。扶梯前的广场上，一大群人站在那里叽叽喳喳地说着话。里面有很多穿凉鞋的主妇和老人。

用极细的铝管和玻璃做的扶梯大门像蜻蜓翅膀一样，旁边站着两个警察。得知我们是梦见山中学的学生后，其中一人点点头便放我们通行了。带着玻璃屋顶的扶梯全长一百二十米，一直延伸到学校所处的山顶。我们离开了站在广场上不安地仰望着梦见山方向的人群，随着扶梯渐渐升高。

这个扶梯在中部平坦的地方是水平移动的人行道，舛田踢踢踏踏地从这里开始步行。他从包里拿出矿泉水瓶一口气喝光，再用毛巾擦擦嘴，顺便擦了擦脖子后面，说道："果然是'夜之王子'干的吧。"

我摇摇头，说道："那只是不知哪里来的小孩们的玩笑罢了，不会真到能杀人的地步。"

我看了看扶梯旁的玻璃砖，完全抹掉了。

以前，这附近曾有人搞恶作剧，留下"夜之王子PRINCE OF THE NIGHT"的字样。

夜之王子是梦见山孩子们的传说。《学校怪谈》和《厕所里的花子》放映时，到处都有喷漆罐留下的银色记号。就连我刚刚提到的东野三小，其教员室的玻璃都曾在半夜被打碎，涂上那个记号。梦见山中学饲养小屋里的兔子被人全部杀掉，后山从几年前开始就有连续不断的山火和树木被采伐的痕迹，这些出事现场都留下了这个记号。用兔子的血写下文字，在新叶上用喷漆罐喷出这个字样……真是有病。

但也有人说夜之王子很帅什么的，把他看作反派英雄。这些人都是漫画看多了。唉，为啥就没有关于植物观察的热血漫画呢？

星期二的第一节课改成了自习。老师们都去参加教师会议，商讨如何应对事件。第二节课倒是如常开始，但下午的课都中止了。这也难怪，后山不远处的上空突然飞来了十多架直升机，十分嘈杂，说话都很难听清。由于不得不关闭窗户，教室里今年第一次打开空调，冷得不行。中午，学校提供的午餐有我大爱的羊角面包三明治，配上凯撒沙拉和放了芝士的西式炒鸡蛋，主菜是奶油焖鲑鱼，甜点是南瓜布丁。午餐后，在体育馆召开了全校大会。

里见校长对一众师生说道："今天，发生了令人非常悲痛的事件。下午大家都回家自习吧。但是，在第六节课下课，也就是三点十分之前，不允许走出学校。放学的时候以班级为单位集体回家。如果遇到媒体采访，先要做到礼仪得体，还有，别说没用的事了。"

连繁老头儿都有些紧张了。这种时刻，富有创造力、充满个性的人物会怎么做呢？还是说紧急关头，个性这种东西就会缩回去呢？排队回到教室的途中，山崎成美用手帕擦了擦眼睛。明明是个疯狂迷恋视觉系乐队的追星族，想不到却相当脆弱善感。受她影响，肤色黝黑的丝屋丽和平时比男生更坚强的田径中距离运动员佐伯真弓也哭了出来。被她们的泪水感染，班里的女生们有好几个都哭了。她们哭其实也不是因为认识那个死去的女孩，我想。女生们吸着鼻子，走在反射着五月艳阳的玻璃走廊上，这番场景不知为何看起来十分异样。卓和他两个跟班这个傻瓜三人组，还在逗弄着女孩子们。我和八住春纪的目光碰上了。

"我才不会哭呢。"

春纪嘀咕着，一脸怒容地向梦见山森林投去厌恶的眼神。

——喂，不用冲着我发火吧。

※

上午九点二十分，山崎到达了梦见山扶梯前的广场。衬衫的后背被汗水浸透。广场上人群聚集。他向警官出示了朝风报社的记者证，想乘上扶梯，但警官对他摇了摇头。

"我都走到这儿了，为什么还不让我进去？"

"这个扶梯已经属于梦见山中学的校区了。为了减少学生们的不安，从今天开始禁止学校以外的人员使用。"

抬头看去，玻璃管道中反射出金属质光芒的台阶无止尽地攀升。上学时间过后，扶梯里空无一人。

"那，后山不是禁止入内的吧？"

"这倒没听说。"

山崎看了看四周。不光没有凑总局的记者，也不见其他报社的记者。虽然很想采集下聚在此处的居民的声音，更要紧的却是赶去案件现场。按现在的情况看，他说不定会是第一个到现场的。山崎开始寻找别的上山路径，向后山进发。

山崎顺着看到的第一个登山口爬上去。没有台阶，也没有铺路，丛生的杂草中只延伸着一条被踩实的土路。一走到后山的山坡上，四周顿时暗了下来，周身充满凉意，似乎进了一片森林。距地面二十来米的高度上，满是厚重的绿色天幕。山毛榉细细的新叶密布着，阳光几乎无法到达地面。

再往前走，道路分成两条。山崎想早点到达山顶，就选了坡度很陡的兽径。走这条路，要穿过一片比人还高的繁茂的细竹林。青草蒸腾出的气息仿佛要把肺部染绿。密林里到处散落着便利店的塑料袋和方便面杯子，成片的白色映入山崎眼帘。他钻入二十米高的林子深处。

在密竹林的中央，道路消失了。四张旧榻榻米铺在地上，压扁了竹子。这是一个被绿壁环绕的秘密空间。被雨水侵蚀的榻榻米仿佛一踏上去就会被踩穿。榻榻米的表面上，变灰了的涂鸦兀自留着，甚不起眼——夜之王子。

抬眼看去，印着黑色同心圆的气枪靶子用金属丝挂在了竹枝上。靶子的边缘被烧得焦黑，一旁的草丛中兀自留有小火灾的痕迹。旧榻榻米的四周有被扔掉的空罐儿和薯条包装袋，以及被雨水泡散的成人杂志。

他简直觉得眼前的场景就是公园里的垃圾箱。

这是秘密基地游戏。山崎记得自己儿时也常玩这个。但是，这个基地的凌乱跟山崎记忆中的恬静大不一样。山崎匆忙折回刚才那个分岔口，重新爬坡。

山路画着"之"字形缓缓上升。走到某个拐点后，他看到林子的绿色中有某物隐隐闪着光。偏离小路的林子里有些东西。郁郁葱葱的树林里有片空地，上午的阳光直直落进来。仰望天空，绿色的天幕在这里开了个小洞。裂开缝隙的巨大山毛榉被风吹倒，斜斜掠过空地。

这光线真怪。四周好像有一面在发光。山崎钻进空地，脚边传来清脆声响。

是玻璃片互相碰撞的声音！

发光的正是地面。光源就是林间空地上密密麻麻地散布着的无数玻璃碎片，形成一片玻璃平原。绿、蓝、棕……还有几乎无色透明的玻璃碴儿。换算成瓶子的话得有好几百瓶吧。

大量的玻璃碴儿迎着早上的阳光，在林子里四处反射。

"这座山究竟怎么回事啊？"

不经意间发出的自言自语近乎悲鸣。山崎脑海中出现了一个不停敲碎玻璃瓶的黑影，一时不寒而栗。他再度顺着原路折回，继而目不斜视直奔山顶。到底是为了早些到达案发现场，还是为了赶紧逃到一个有人烟的地方？疾行的理由，他本人都说不清了。

快到山顶时，坡度渐缓。周遭充满了人的气息。

机动队员以两米为间隔，用警棍探索着草丛，缓缓向这边靠来。

看到成队的机动队员，山崎终于安了心。他把记者证举过头顶，喊道："我是朝风报社的。请问案发现场在哪里？"

一个队员用警棍前端指了指一个上坡的前方。直升机的轰鸣回响在林中。山崎用照相机给队员拍了几张照片，向通往山顶前的最后一个坡道赶去。

后山山顶是个边长三十米左右的四方形平地。泛白的山毛榉树干疏疏落落地笔直伸向空中。这里随处可见穿着制服的搜查员，略略一数也有近二十人。

山崎确认了藏青制服背后绣的"常陆县警"白字，走近案发现场。从山顶一侧可以看到新绿的树木中间用金属丝围栏圈起的变电设施。围栏外，一个犹如从斜坡上冒出来的圆木小屋与其毗邻而建。这个木造房屋被建筑用的蓝色塑料膜遮蔽着，大小犹如警察的值班岗亭。那附近的搜查员动作幅度很大，这一定就是案件现场——东野市自然保护课的工具屋。

小屋前方十来米之处绷着根黄色绳子，垂有禁止入内的牌子。山崎立刻开始工作，瞄着蓝色塑料膜间的空隙拍下工具屋的照片，然后转到屋子背面，从斜坡下方进行拍摄。房子背面也绑了绳子，微暗的小屋中有三名鉴定课的课员正钻到地板下工作着。

山崎走回小屋正面，寻找梦见山警署里的熟面孔。哪怕只有一句也好，他很想听听搜查员的声音。在变电设施旁，他看到了宣传课须藤博司警部补的身影。真是走运。庆祝晋升的那晚，山崎曾在临街的K歌厅见识过须藤涩哑的歌喉。

山崎精神饱满地跑到须藤身边，说道："早上好，须藤先生。这案子真是太过分了。"

"是啊……不过你还真快，是第一个到达现场的吧？"

"发现了什么和凶手有关的东西吗？"

"很难说啊……"

须藤报以一个苦涩的表情。不管山崎再问什么，他都以"目前不清楚""尚在调查"回避。须藤说的那些话里，山崎只对"这案子简直不可理喻"这一句印象较深。只有他说这句话时，才真正窥见他的愤怒。现场好像留下了某些东西，但山崎不知其详。

话说回来，警察为何总是把案件和现场隐藏起来呢？山崎不由萌生了这样的怒火，却又把火气压了下去，再去向别的搜查员打探情况。

几乎没有实际内容的采访持续进行着。几名其他报社的记者来到了现场，甚至带来了摄影师。下面该怎么办呢？山崎有些迷惑。此时，背包中的无线电传呼机响了。他看看液晶屏，是从东野分局打来的。

山崎立刻用手机拨了回去。

津野接听之后，问道："年轻人吗？现在在哪儿？"

"还在现场。后山。用的手机。"

"知道了。去用附近的公用电话再拨过来,有工作给你。"

山崎挂掉电话,最后环视了一眼山顶这个案件现场。此际,媒体相关的工作人员和搜查员的人数几乎相等了。直升机的轰鸣穿过绿色的房顶,在周遭响起。这气氛哪里像个发现九岁女孩尸体的现场?反倒有种悠闲恬静之感,就像哪个工厂的职员全体出动去后山除草。

也许是正值新绿的五月,所以才会有这种感觉。

山崎在变电设施的后面发现了水泥台阶,立刻开始下山。怪不得刚才上山时一个人都没碰到。这个台阶口就像休息日的商场那样拥挤。走兽径上山花了二十多分钟,这次只用五分钟左右就回到了新区。

将阴暗森林和整齐排列着商品房的干净街区分隔开的,只是一条双车道的道路。这反差太过鲜明,简直令人眩晕。

山崎在他见到的第一个电话亭给东野分局拨了电话。报社为了避免窃听,重要信息基本都不用手机通报。听筒里响起津野的声音,一遇到重大事件,他的声音就带上了紧张感。

"年轻人,梦见山警署十一点会召开记者见面会,你别忘了去啊。现在,给我说说在现场收集到的各种消息吧。"

山崎看着笔记,汇报了案件现场的情况。作为补充,他把在后山迷路时看到的一派废弃景象也说了。比起现场,津野似乎对后山印象更深，提的问题也变多了。

"这山真瘆人呀。"

听说他拍下了现场的照片，津野便令他去找朝风报社的记者，让他们把底片送到分局。山崎点点头，挂了电话。这时，他突然想起车还停在离国道两千米的地方。今早一开始先是跑步，又爬了梦见山，运动不足的胖大腿不免发酸了。新区的白天不见人影，现下又无法拦到出租……

看看手表，快十点半了。没时间了。山崎打消了打车的念头，张开手拍拍双腿，开始在无人的梦见山新区拔腿狂奔。

❖

那天下午从梦见山中学回到家时，和枝和瑞叶都到家了。和枝坐在客厅中三十六英寸宽屏电视机的前面，用遥控器不停地换着台，关注着后山事件的进展。他弓起的后背上披着发尾到处翘起的长发，右手拇指不停时而缠起时而松开地玩着从牛仔裤裤腰上垂下的布腰带尾端。

电视机画面播放了好几次死去女孩的面容，还有挤满了警察的工具屋。无论是哪个电视台的播音员都发出沉痛的声音。我们坐在沙发上几乎都看不到画面。

妈妈对他说道："你别老放这个新闻了，瑞叶还在呢。"

弟弟慢慢摇摇头，用人偶般毫无感情的视线看着妈妈，好像又去了另一个世界。和枝时常会变成这种样子。

和枝也没露出不高兴的模样，只是盯着妈妈看了好一阵儿，然后按了按遥控器，切换到了傻瓜似的恋爱电视剧上。妈妈的脸上浮现出困惑的表情。和枝依旧一言不发，默默站起来走回自己的房间。上楼梯的声音从起居室的墙壁对面轻轻传来。

"真是，这算什么啊。喂，瑞叶，要不要吃点零食？"

妹妹为了让妈妈开心起来，语调明快地回复了她。我也没等零食上来就回了自己的房间，为了转换心情，拿出一本植物图鉴欣赏四季交替中的山毛榉林。

※

十点五十五分的时候，山崎跑步抵达了辖区内的梦见山警署。记者会的会场同昨天一样是二楼的第一会议室。进入房间后发现其他报社的记者来了好多，填满了五排折叠桌。空座位上也都放了笔记本和包什么的。里侧的墙壁跟前放了七台摄像机。摄影照明装置散发的热量把室内烤得如盛夏一般。在混乱的人群中，山崎发现了凑总局负责搜查一课[1]的吉见，他过去拜托旁边座

---

[1] 日本警察系统中专门负责重大刑事杀人案件的部门。

位的人让出了一块地方给自己凑合着坐下。

十一点，松浦署长和常陆县警署搜查一课课长堀重则来到会议室就座。在发现尸体三小时后，记者见面会开始了。

"案件名'东野市梦见山区杀害小学女生并弃尸案'。"

五十多岁的署长和同辈的搜查一课课长堀在麦克风前一字一句地宣读着。发现尸体的情况和女孩失踪的经过都在新闻稿上清楚报道了，记者会没有任何新的具体内容。不过由于刚刚发现尸体，这也可以理解。

寡淡无味的见面会快要结束时，课长说道："现场的墙壁上用银色喷漆罐留下了记号。"

连山崎也能感觉到，现场数十人的身体瞬间僵硬了一下。

"请问都写了什么呢？"

"夜之王子，以及英文PRINCE OF THE NIGHT。另外，还有一句话。"

堀课长说到这里，目光从纸面上抬起，凝视着记者席。

"剩下的那句话是'这不是最后'。"

"不好意思，可以再说一遍吗？"

见面会现场顿时骚动起来。堀课长起身在背后的白板上写下那个记号的字样。横写的日语下面是流畅的笔记体英文，还有预告留言。为什么要特意留下手写的文字呢？山崎记着笔记，觉得十分不可思议。这实在不像成年人能干出来的事。

记者会结束后，山崎和吉见交换了下情报。从搜查一课基本上什么消息都还没有得到。散会后他直接留在会议室里，在采访笔记上开始整理报道稿。梦见山警署一层大厅的公共电话前聚集着一堆等着发稿的记者。山崎不得不寻找其他电话，再次向满溢着春日艳阳的新区飞奔而去。说不定还能赶上晚报的截稿时间。商品房房顶错落如波浪，对面可以看到梦见山的山脊线。蹲踞着的巨大绿色野兽的上空，有很多直升机来回盘旋。

尽管该案设立了搜查总部，也写了很多相关报道，但山崎仍觉得这事件像是幻觉。失踪的女孩，其实还在那个幽暗的森林中玩耍吧……

山崎仿佛看见，那条缀着黄色向日葵图案的藏青底连衣裙，消失在山毛榉白色的树干之间。

❖

晚饭时，家里一直谈论女孩尸体被发现之事。这孩子和瑞叶在一年级和二年级是同班。据妹妹说，那是班上仅次于她的第二漂亮的孩子。

"这么平静的街区里，为什么会发生这样的案件呢？！"

妈妈的话音里充满感情。据说是因为年轻时在票友剧团待过，所以才染上这个习惯。听着这种腔调，确实有些烦人。

"没办法啊，这就是个华而不实的城市。"和枝一如既往地酷。

除了周末，爸爸都不会和我们一起吃晚饭。爸爸在一家叫"常陆材料"的公司做研究员，从事新材料开发工作。虽然这工作不起眼，但据说工作量对研究员来说挺繁重的。

那晚的主食是汉堡包，配菜是蔬菜拼盘和炸薯条，汤是维希奶油浓汤。汉堡是自制的，其余的则都是从超市买的。按和枝的说法就是，跟妈妈做的料理相比，果然是买的比较好吃。这话，我赞成一半。

"瑞叶啊，从明天开始，就要集体上学喽。"瑞叶欣然说道。

和枝瞥了妹妹一眼，又转开了视线。

这时，妈妈把餐椅向后拉开，从手提袋里拿出一个四方形的小包裹递给妹妹，说道："对啊对啊，差点都忘了。"

只听瑞叶欢快地叫了起来。怎么说呢，妹妹这方面像妈妈，有点做作。和枝看都不看，一味翻搅着盘子里的汉堡。

小包裹里面是个心形的粉色吊坠。瑞叶把它挂到了脖子上，非常开心。

"在PTA听说还有三天就会从防犯协会借来一批报警铃。既然早晚要戴，那不如早点好。而且，从那个地方借来的东西肯定不好看。"

瑞叶好像非常喜欢这个报警铃，晚饭期间一直戴在脖子上。

妈妈说道："这个看起来就和项链一样，真适合你。好可爱啊，瑞叶小公主。话说，夜之王子到底是什么啊，是开玩笑的吧。"

我也在晚报上看到了。失踪女孩的尸体被发现，现场有可疑的记号，到底是谁，为了什么这么干的呢？

"从几年前开始，那个记号就出现在学校、公园、梦见山上。我觉得不是一个人啦。因为在小学和中学里的那些事件几乎都是同时期发生的。"

"那是不良少年团体吗？"

"或者也可能是别人为嫁祸他们而留下这样的记号。"我学着大侦探的样子，手抚着下巴。

和枝把伸到眼皮底下的干爽的蘑菇块一次次地拢回去，乌龙茶也喝了好几杯："我觉得有点不舒服。今天先去睡了，别管我。"

说完，他剩下一大半汉堡，走上了楼梯。二楼走廊尽头的门轻轻地关上了。

"和枝是从什么时候开始变成这样了呢？过去明明是个很可爱的孩子……真让人头疼啊。"妈妈的话就像是校园电视剧里母亲角色的台词一样。

和枝成了那样，多少也有妈妈的责任在里面吧，虽然很想这样说，但我还是一言没发。算了，反正今天的电视也很无聊，还是读着牧野博士的植物图鉴睡觉去吧。

※

各家新闻媒体在向梦见山警署和县警宣传课申请第二次记者会。为了第二天的早版，新情报是不可或缺的。搜查总部起初答道如果不等到司法解剖的结果出来，就不可能召开记者会。但由于报道反响太大以及各家媒体施加的压力，搜查一课课长决定在晚上九点半再次召开记者见面会。

在分局结束了碰头会的山崎和大泽，以及凑总局的宫岛、大植、吉见等五个人去参加了这次记者见面会。地点从狭窄的第一会议室挪到了五楼的剑道场。和津野分局长商量过后，他们决定各自出席见面会，分头向分局汇报信息。这也是为了考察每个人是怎样在抓住重要情报要点的基础上来发挥自己个性的。虽说都是同一个报社的同事，但互相之间还是对手这点也是不会变的。所以尽管五个人都彼此熟识，在就座时却拉开距离分散坐了。

九点三十五分，由堀课长和松浦署长开始了记者会。堀课长平静地宣读道："尸体大约是死后两天被发现的。死因是被人勒住颈部窒息而死。解剖定在明天下午。目前可以确定的是，肩部、腕部有部分皮下出血情况，双乳头部有咬伤的痕迹。"

记者会现场瞬间重归肃静。片刻后，照相机的快门声和闪光灯像暴雨一样落在神色疲惫的堀课长身上。

室内一片兴奋之色。

"伤口很深吗？"不知哪里来的记者打断了课长的发言。

松浦署长没有理会，强调道："有问题请在最后问。"

嘈杂声更大了。

堀课长只得答道："报告上说，咬伤程度深到乳头几乎被扯碎。"

"最后一个问题。尸体的衣着很凌乱吗？"

"下半身的衣着不能说是很凌乱。"堀课长扫了一眼手边纸片，淡淡地把发言继续下去，"发现时，尸体被自然保护课用品里的绳索靠着墙边从小屋的梁上吊下来。前面说的那个记号，是画在尸体背后的墙面上的。绳子上残留着喷漆罐的涂料，记号应该是事件发生之后喷上去的。"

记者席上一片哗然。堀课长无视这些反响，继续平静地陈述着现场的详细情况、搜查进展与对附近小学实施的对策、东野市未成年人性侵犯的罪犯名单……其间，有几个记者离开了会场。

见面会进行到了回答提问的环节。记者们的问题主要集中在尸体状况和谜一样的记号上。"现在还什么都不清楚""正在全力搜查中"，警方只是来回重复着常规句式，再没提供任何新的信息。虽然此后一直有记者发问，但堀课长强调第二天会再展开全面搜查，便结束了不到三十分钟的记者会。

山崎在见面会快要结束时溜出了会场，跑上楼梯，来到六楼署长办公室前等待松浦署长。周围没有其他记者的身影。

大约十分钟后,松浦出现了,闪着汗光的脸色十分暗淡。

山崎壮着胆子,上前招呼道:"您辛苦了!"说罢深深俯首行礼。

记者见面会上几乎没有说话的署长微笑道:"很少见人到这边来呢。去一课那边采访不是更好吗?"

"嗯,反正那边肯定有一大堆记者在了,我就不去凑热闹了。"

"亏你特地跑来一趟。但是,不好意思,从今天起我只能这样了。"

松浦署长在嘴前做了一个拉上拉链的动作。

山崎凝目打量着署长的表情,对方的样子很坚决。

"明白了。请加油吧!但也别忘了保重身体。说起来,除了记号,还有什么遗留物吗?"

署长被钻了空子,不禁笑道:"真是被你们记者打败了啊,嗯,没别的东西了。"

说完,松浦便消失在了自己办公室的门口,在门前站着说话的时间不过短短数秒。独自一人被留在了走廊上的山崎,思考着像人偶一样被吊起来的女孩和很像是愉快犯[1]的凶手留下的涂鸦。

---

[1] 犯罪行为本身并不是他们的目的,而是通过犯罪引发人们或社会的骚乱、恐慌,于暗中观察这些反应并乐在其中的人。

那个记号同样也出现在了后山"秘密基地"的旧榻榻米上。难道凶手是个孩子？他连忙打消了这个念头。山崎在这起案件中感受到了一股无可救药的阴暗。

但是现在还得工作，必须赶快把稿件发出去，分局长还在等着。奔下梦见山警署的楼梯去找公用电话的时候，山崎不知为何想起了那个落满朝阳、遍布玻璃碎片的林间空地。

❖

一个女孩的死亡，竟沉重到这种地步……

星期三的早晨，我确实见识到了。一夜之间，新区完全变了。

街道各个地方都有自治会搭的帐篷，阴凉处挤着几个大人。那不是交通安全周那种悠闲喝茶聊天的状态。大家都把神经绷得紧紧的。集体上学的小学生们列队而行，后面则跟着个随行保护人员。不管转过哪个街角，都能看到戴着防犯袖章的巡视人员。道路上的巡逻车数量之多，让人不由感叹原来梦见山有这么多这种车。车顶上写着大大的"梦1""梦2"之类的字样。机动队人员乘坐的灰色巴士窗边覆着金属丝网。这是我有生以来第一次见到这种车。

每个大人都紧张地挺直后背，说话声音似乎也变大了。

在街上走过，都会被频繁搭话——

"早点回来哦。"

"你是哪个中学的学生？"

大家都很兴奋。虽无人直接宣之于口，但大家都表现出了想守护家园的心情。

比起私下里像傻瓜一样偷偷摸摸说谁家孩子考上了东京大学，这样的气氛显然要好得多了。

在梦见山中学，大家都变成了"少年侦探金田一[1]"，甚至变成了灵异故事的讲述者。这是当然的。夜之王子竟然做出了轰动全国互联网的事。上次被东野市电视台播出的，是好几年前某处研究所里的爆炸事故。

传言有很多。

"下一个目标好像是梦见山中学的学生。"

"凶手好像是梦见山中学的学生。"

"女孩是给后山蛇神的祭品。"

我们班里也有人猜测班上逃学的桂史明该不会就是夜之王子吧？这话真蠢。我值日的时候去桂家给他送过学习笔记，桂还笑嘻嘻的挺有精神，只是不愿去上学罢了。而且他还一边感叹着"真是严重的案件啊"，一边向我打听城里的情况。

比起这个更让人头疼的是，从事发的第二天起繁老头儿就禁

---

[1] 日本漫画《金田一少年事件簿》中的主人公。

止我们出入后山了。对我所在的生物部而言，后山是不可或缺的田野工作教材，甚至可以称之为最好的研究室。毕竟这是活着的植物实际生长繁殖的场所。跟后山比起来，图鉴也好网络也罢，完全不值一提了。

我在特招考试时提交的报告，就是总结以梦见山之后山为中心的新区植物分布。从儿时起我就无数次爬过梦见山，了如指掌也许说不上，但比对自己的脚掌真是熟悉多了。不管是哪条兽径，哪座秘密基地，我都一清二楚。

后山西侧山坡开敞的地方有棵香樟树，这就是我今年的观察目标。这棵香樟高约二十米，树干直径近两米，现在该开了点花才是。不知你们有没有看过香樟树的花。从新枝条的叶脉上伸出长长的花枝，顶端上开着亮黄浅绿的花，形状像是圣诞时的手摇铃挂着一堆叮当作响的小铃铛。虽然不太起眼，但花开之后整个大树就会像施了白色脂粉一样通体泛白，还是很值得一看的。

现在因为警方搜查，后山的情况大概比较严峻。但我下定决心，等过几天风波过去之后，就悄悄去看下那棵香樟树。就算说禁止入内，也不可能真禁得了。后山也不是学校的地盘，而且我也识得一条无人知晓的小路通向那棵香樟树。虽然一想起那个死去的女孩，稍微觉得有点恐怖，但同时又感到令人心跳的刺激。

没关系，肯定不会有人知道的。

※

新区紧张得犹如受惊的刺猬。

发现尸体的次日,朝风报社就在梦见山西南区借用了一家报刊亭,装上紧急电话和传真机,充当前方报道基地。再以该基地为中心,投入十来个记者探听消息,开始了人称"寻踪"的目击者搜寻工作。

搜查总部也接受了来自邻县的千叶县警和埼玉县警的支援,总计配备了三百五十名警察。为了防止再有类似案件,梦见山一带展开了二十四小时警戒。穿制服的警察不间断巡逻,机动队员穿着出勤服,站在街道的重要地点进行警卫。

当地的自治会组织了每天昼夜两次的巡逻。据说自治会馆里也有很多志愿者招募活动。

社团法人常陆县防犯协会联合会给作为事件现场的梦见山区的三所小学分别发放了五百个蜂鸣警报器。

常陆县教育委员会向县内市郡町教育长[1]和公立学校校长下达了贯彻学习儿童安全对策和生命重要性教育的通知。

约两公里见方、说不上有多辽阔的梦见山地区,混进了许多

---

[1] 日本教育委员会事务所的首长。

报社、周刊杂志社、通讯社、各家电视台的人以及自由记者和摄影师。

街头再也看不见孩子们玩耍嬉戏的身影，新区里人的气息越来越稀少了。街头上目之所见只有警察和媒体等外来者的踪迹。居民们都紧闭门户，躲在家中大气也不敢出。

五月二十日，尸体被发现的第二天，举行了死去女孩的守灵仪式。山崎正在前方基地撰写早报用稿的时候，电话响了。

"今晚八点守灵开始。年轻人，拜托了。大泽应该先过去了。"

"好的。"不动声色地回答完，山崎挂上电话，叹了口气。去受害者的守灵仪式和葬礼上采访对新闻记者来说是个很艰难的差事。死去的女孩只有九岁，罪犯也没有抓捕归案。这种场合下媒体相关人员仅仅是出现在那里，就足以让人避之唯恐不及了。只要一想到死者家属的心情简直都没法继续待下去，但尽管如此也不得不把新闻报道从悲伤弥漫的葬仪场里送出去。把无处宣泄的悲伤和愤怒传达给全国读者的工作总归要有人来做。就算这样自我说服，这依然是个吃不消的艰巨任务。

山崎向报刊亭的店主借了条黑领带，把车开了出来。到达女孩家，发现周围停满了各家媒体租来的黑色轿车和黑色的士，根本没有车位。他把车勉强停下，混进穿着丧服的人流，来到了集会的场所。

暖春的夜晚,一片黑暗中,灯火通明的集会处格外显眼。祭坛白得惊人。来人中有很多和女孩同龄的孩子。在母亲和孩子的一片哭声中,山崎来到用折叠帐篷在路边搭建的接待处,上面贴着一张纸条,言明拒绝媒体采访。

"真可惜啊,白跑了一趟。"

山崎的肩膀被大泽拍了拍。各报社的记者从集会场所散开,远远张开一张围住女孩葬礼的网,等着在吊唁的客人离去时捕获他们,以探听一下感想。

"我们不采访,可以吗?"山崎问道。

大泽耸了耸肩,说道:"可以啊。就算是记者,也有'不采访'这个选择。再说人家也说了拒绝采访。"

结果,关于女孩的守灵仪式,朝风报社一条报道都没发。

守灵仪式之后,山崎去了担任搜查工作的人员家中。从尸体发现当天开始,记者们就对搜查总部展开猛烈的采访攻势,夜访朝探。他们埋伏在搜查员住宅的四周,抓住人家早晨上班、晚上回家的时间,靠短短几分钟谈话来打听搜查状况。这是相当事倍功半的采访办法。第二天晚上,山崎也这样结识了一个搜查员,熟识到了能见面打招呼的程度,却依然没得到新情报。由于白天为"寻踪"奔忙,除去少许睡眠时间,山崎的一天几乎全被女童凶杀案占据。

不知是从谁开始,事件被称为了"夜之王子杀人事件"。

用麻绳吊起的少女，被一家体育报纸形容为"提线木偶"，还配以煽情的插图。电视台上反复播出事件的消息，梦见山新区干净的白色街区、学生们集体上学的队列、后山的阴暗森林……都上了电视。

隔天，堀课长在梦见山警署再次召开了记者见面会，但没发表任何重大进展和最新消息。连一直跟进的山崎也无法判断案件究竟是在向破获的方向发展，还是在原地踏步。日复一日，山崎的生活被高度密集的采访日程占满。

在紧张的紧急态势之下，在可怕的寂静之中，五月的第四周过去了。

◆

每月的第四个星期六，公立学校都会放假。

今天一大早就是久违的好天气，我决定去后山看看那棵香樟树。小背囊里装了麦茶、笔记本、便携植物图鉴和照相机。我的相机是父亲的旧尼康单反，所以为了拍特写我还带上了微距镜头。

吃完午餐番茄金枪鱼意大利面后，我跟家里人说要出去玩，便出门了。

"你期中考得不太好，早点回来学习吧。"妈妈这样说道。

躺着看报纸的爸爸则什么都没说。

我穿过从那个事件以来便高度警戒的新区，向后山走去。过了一周，大家都有点累了。从我家走到后山需要十分钟。

五月的末尾，晴天下的温度将近三十摄氏度。走在被太阳晒得发软的柏油路上，脚下的触感软乎乎的，感觉自己像是平底锅里的爆米花。

到了后山后我环顾四周。住宅整齐规则地排列着，每家的窗户都被防雨板或是窗帘遮得严严实实。到处都站着机动队的人，不过还是会有死角。我坐在护栏上，喝麦茶稍作休息，然后从双车道的公路一口气跑进了森林。对面是立着变电设施的水泥台阶，通向一条被大家称为"王子之路"的秘密兽径。

进入山毛榉林，气温骤然下降，我身上出了点汗。经过第二个拐点，我感到"雷鸟小道"周围有人的气息。从这条小道穿过小竹林，能通向好几个基地。这里是梦见山孩子们的秘密游乐场。我打了个哆嗦，想起了那个疯狂的夜之王子。

明明只要直接走过去就好了，但我由于害怕还是大声问道："有人吗？"

没有回答。我分开青色的竹叶，走进"雷鸟小道"。怀着恐惧感踏入后，一股什么东西烧焦的臭味强烈地刺激着我的鼻子。好奇怪，无论从季节还是从时间上来说都离放烟火还早啊。

我来到了"四张半榻榻米基地"，此地因为铺了四张榻榻米而得名[1]。其中一张被熏黑了,还冒着烟。我清楚地记得,那张旧榻榻米上还留有夜之王子的记号。我又打了个冷战,感到围住这里的绿色屏障后有一双眼睛一直盯着这里。这个基地虽然看起来一副此路不通的样子,但大家反而都特意从这里路过。穿过一米左右厚的竹墙,还有好几条别的兽径通向下一个基地。好像有谁从其中的一条路上越过竹子帘幕在窥视这里。是夜之王子的绿色眼睛。我吓得连一声都不敢出。

我用颤抖的手从背包中取出相机,对着好像要扑过来的绿色屏障胡乱按下快门。高高的山毛榉下那郁郁苍苍的繁茂竹丛后,是太阳落山三十分钟后的东面天空,一片昏暗。闪光灯闪过,竹叶锐利的轮廓还残留在眼底,踩断枯枝的零落的脚步声渐渐远去。似乎这里不只有我一个人,但我不大确定。我紧握住照相机,奔向了相反方向的"雷鸟小道"。

之后,我虽然去观察了那棵香樟树,但说实话只了解到它尚未开花。我拍了几张照片,匆匆确认了枝头花苞膨胀的状态。我只花了大概五分钟做完这些,然后就立刻离去。

当然不是因为怕妈妈惦记,我只是想尽早走出后山,快点回家。

---

[1] 四张榻榻米可以围成一个"回"字形,总面积为四张半榻榻米。

※

发现尸体后的几天里，山崎的采访进展得很顺利。事件引发的兴奋感和愤怒情绪依然高涨，梦见山的居民大多都乐于配合采访。但随着搜查的拖长，严密警戒了一周之后，居民对媒体的态度渐渐变得冷淡。起先一旦采访问话就会有当地人自然地聚拢过来，现在大家则都避之唯恐不及。

记者为寻找目击者按下住宅的对讲机后，大家也不再回之以"辛苦了"而是代之以咒骂。为了夜访搜查员而埋伏在人家周围时，也会被自治会的巡逻员要求出示身份证明，甚至被附近的居民报告给警察。上下学时对东野第三小学学生的采访，也被保护者防得死死的，说是完全行不通也不为过。

事件发生初期，居民的言论富有个性、生动激昂，现在却突然变得毫无要领、千篇一律。自治会、PTA、街上的人……无论向谁打听都会收到相似的回答。简直就像被哪个组织人手派发了一个问题回答集锦，来专门指导如何应付媒体提问一样。

所有人都很疲惫烦躁。新区一天天变得顽固。越来越多的采访对象说附近的单身男性变得奇怪了，晚上骑车回家开着吵闹的音乐，头发的颜色变了，耳朵上还打了耳洞。另外，变僵硬的不仅仅是对媒体等外来者的态度，居民之间的关系也同样僵化了。

彼此之间投以防备的视线，互相监视。一旦发现近邻生活习惯上微小的变化，怀疑就开始无限膨胀。共同体的关系开始急剧变质，这是在大案现场经常能够看到的现象。受害的不仅仅是直接被害者，犯罪的影响开始扩大，阴沉地静静吞没整个地区。

梦见山西南区有一千七百多个门牌连续的住宅，山崎去西南区一隅采访的那天，是事件发生后第二周的星期三，区域变质渐趋明显。这条路的行道树是红花七叶树。从树干上垂下的名牌上有树的名字，记住它们成了山崎为数不多的乐趣之一。像手掌那么大的叶子上深深地刻着脉纹，在夕阳下无力地垂着。

山崎把眼前白色住宅的门牌和名牌记在采访笔记上，然后按下了大门对讲机的按钮。

"你好，这里是三村家。"

"我是朝风报社的记者，从早上开始就在这一带就之前的那个案件进行采访，想采访一下您，不知可以吗？"

对方很长时间没有回音，山崎又按了一下门铃。

"不会耽误您太久的，而且您的邻居也接受了采访……"

"我知道了，请进玄关吧。"

有藤蔓纹饰的白色铁门敞开着。山崎踏着黄色草地上的铺路石走向玄关，白色的房门自行打开了，一个看起来三十五六岁的主妇手扶着横框的柱子，站在玄关门口。她穿着黑色弹力七分裤和橙色高领T恤，束着腰，外形看起来比今天见到的任何一个主妇都要时髦。

山崎递过名片,问了一堆例行问题。事件发生的那个星期日,有没有看到什么可疑的人?事件发生后,生活中有没有什么变化?家庭成员都有谁?

"家里有夫妇二人,还有三个孩子。两个儿子一个初二一个初一,还有一个上小学三年级的女儿。"

"在这一带的话,读的小学是东野第三小学吧?"

"是的。死去的那个孩子到去年为止还和女儿同班来着。一想到我家瑞叶心里就很不安,希望能早点抓住凶手。"

"可以问您女儿几句话吗?"

"这个有点不太方便。"主妇麻利地回道。

虽然不能问话,但可以拜托她女儿写封信。把这家先记录在案吧。死去女孩的原同班同学写的盈满泪水的信,虽然这是常用的手法,不过的确迎合了读者的需求。山崎记下三村家小女儿的名字,便听见玄关响起了少年的声音。

"我回来了。"

回头看去是一个身高一米五左右的小个子男孩儿,正手足无措地站在那里。

"这位是报社记者,来打个招呼吧。"

"您好。我叫三村干生。"少年避开目光小声说道。

发型是蓬乱的小子头,脸颊上青春痘之多在近来的孩子中很少见。垂下的眼睛很小，很难从中读出心思。他穿着褪色的牛仔裤，T恤胸前画着跃起的海豚，肩上挎着帆布包。

"这是长子干生。喂，和他说说夜之王子的事儿吧。"

一提到夜之王子，山崎顿时变了脸色。

"不行啊。作业很多，所以没那个工夫啦。"

尽管少年露出明显的不情愿，但山崎看了看母亲的脸色，还是说道："那么，我改天再来跟你谈谈？星期六下午怎么样？我请你吃冷饮。"

少年默然点头，进屋去了。这种冷淡倒是和现下的其他孩子一样。

山崎对母亲说道："星期六下午我会再来拜访。可不可以带干生出去聊聊？他正是比较别扭的年纪，如果母亲在旁边，也许有些话就很难说出口了。"

"新闻采访的话，会拍照的吧？那么把妹妹瑞叶也一起带着怎么样？瑞叶在做模特，是个很可爱的孩子哦。"

山崎刚想说拍照就算了，但为了配合母亲的兴致只好含糊地点点头。比起这个他更在意的是，从刚才开始就一直在走廊拐角处窥视这里的人是谁？时而能看到黑色衬衫的肩部露出来。那人隐藏声息，窥探着采访的情况。从家庭结构来看应该是次子吧，让人隐隐觉得很不舒服。

山崎望了望走廊深处的黑暗，对母亲微笑颔首，眼角瞥到藏在阴暗处的身体动了动。

哪怕后来回到了洒满夕阳的大路上，不知为何山崎总觉得好像有个穿黑衬衫的人影藏在七叶树的叶丛里。

❖

一夕之间，一切都被改变了。

这种时刻过后，就绝不可能再恢复原状，也不可能装作什么都没有发生。我至今还会梦见那天。那是即使在深冬也会让我满身大汗惊坐而起的梦，半夜梦到之后必然会让我一直无眠到天明。

我知道这世上最可怕的东西是什么。

不管别人怎么认为，我都觉得那是一个不知面孔的人按响玄关门铃的声音。

那是在热闹的早餐饭桌上响起的、明快而空洞的电子钟的声音。

那天是五月三十日，星期六。由于从前一天晚上开始低气压就一直盘旋在关东地区上空，那个早晨晦暗得像夜晚，大风猛烈地刮着，时而还下着雨。我们在餐厅吃着早饭，那是一家五口在一起吃的最后一顿饭。连菜单我都记得一清二楚，火腿煎蛋、吐司、番茄沙拉、牛奶咖啡，甜点是菠萝，和往常一样。

铃声响起的时候是七点十分。妈妈站起身，去厨房接起对讲机。

"是的……"

声音突然变小。当然，餐厅里没人在意。

"老公！"

听到妈妈的喊声，爸爸立刻起身走向厨房。他们悄悄说着，不知道在说些什么。然后，爸爸一言不发来到玄关，好像有谁在外面。那个案件发生后，妈妈说我们家周围也有埋伏突击采访。但一般来说，这种采访很快就会结束。

妈妈不久便回到餐厅了，跟刚才简直判若两人。

她脸上的表情十分僵硬。妈妈的眼里映着弟弟的身影，他毫无胃口地吃着火腿煎蛋的蛋黄。妈妈的眼神不是凝视也不是瞪视，仅仅是映着弟弟的样子而已。没有亲密，没有温柔，没有爱意，视线中感受不到任何情感，冷凝如冰。

"和枝，你……"

妈妈用几不可闻的声音说道。只是这样，弟弟就好像明白了情况。眼前蘑菇块的下面，和枝的脸色像漂白后的纸一样变得一片苍白。坐在对面的我能够看到他的生命正从他的身体里迅速流逝。弟弟的生命力就像坏掉的自来水管道似的，顺着椅子腿下的地板漏向房子下面的混凝土地基。

我听见爸爸在玄关处和谁在说话，但不知道谈话的内容，声音就像从深井底下传出的闷响。爸爸回到餐厅，脸上完全失去了血色。这时我也明白了,发生了永远都无法挽回的事情。

爸爸说道:"玄关来了警察,说是要带和枝去问话。干生,你带瑞叶到楼上去好吗?"

我点点头,咬了一口烤火腿上的肥肉。酸酸的还有点甜的肥猪肉味,让我很想吐,但还是强行咽了下去。和枝就像个摆设一样完全僵在那里。瑞叶不明状况地来回打量着爸爸和妈妈的脸。

我说道:"是后山的事吗?"

声音简直都不像自己的。

父亲无言颔首。妈妈当场崩溃,大声地哭了起来。瑞叶也跟着哭了。和枝坐在餐厅椅子上,显得很小。正如离开十几米远人看起来会很小一样,和枝仿佛一下子远离家人变得很小,就像一个没有生命的十三岁人偶。

爸爸去了玄关。我带着瑞叶上了二楼回到自己的房间。我屏住声息,紧紧抱住妹妹。脚底下传来几个人活动的声音,听起来好像话不多。警察替我们进了餐厅,我当时进屋了,没看到他们的长相。征得同意后,和枝就这样从早饭的餐桌上被带去了梦见山警署。

这个世界上最可怕的东西,就是不知面孔的人按响玄关门铃的声音。

因为这是一个家庭崩毁、一个杀人犯诞生的声音。

这个声音预示了我们的家永远不可能再回到从前。

我抱着瑞叶,连哭都哭不出来。警察离开后,我跑到卫生间呕吐不止,吐到胃里空空如也,但这一天并没有就此结束。

※

五月三十日,星期六的下午七点,山崎仍在梦见山警署。案件发生后,大厅侧面就被划为报道人员专用区。转过去后就能看见折叠桌和小凳子摆在那儿,经常有宣传课的人在这里执勤。

下午,他本该去找梦见山中学的那个少年打听夜之王子的事,但采访泡汤了。少年的家处于暴雨中心的西南区,他虽然去拜访了,母亲却说"孩子们去附近的朋友家玩了"。淋着雨站在玄关前,就算山崎再怎么和母亲说与少年本人约好了,还是没能采访成。山崎只得放弃,继续在那一带"寻踪"。也许是天气恶劣的缘故吧,寻找目击者一直很不顺利。

太阳落山后打听消息只会变得困难,于是山崎抱着再做最后一件工作的心情去了梦见山警署,准备和相熟的搜查员打听打听消息,然后结束这一天。

在报道人员专用的小折叠桌旁他看见一脸疲惫的吉见。桌子上摆着半打塞了烟蒂的空咖啡罐。

"今天到现在为止,什么收获都没有啊。年轻人差不多也该撤了吧。今儿是星期六呢。你有女朋友吧?"

山崎习惯性地挠头糊弄过去，不管是说有还是没有都很麻烦，况且与吉见又不是很熟。累到极点之后连动都懒得动，但山崎还是做出样子把基本上没什么实际内容的采访笔记又读了一遍。离发现尸体过了大约两周，虽然各种消息漫天飞，但与抓捕凶手直接相关的情报却一个都没有。这个案件大概会成为一场持久战。山崎呆呆地望着梦见山警署的接待处。柜台上的电话响了，一个宣传课课员马上接起来。这个还相当年轻的警官立刻变了脸色。

只见他摔了电话，大叫道："今晚九点，在梦见山警署召开记者会。"

声音响彻整个一楼。聚在一楼报道桌周围的十几个记者慌忙行动起来。分散在一楼的警官们也露出紧张的神色。有几个记者围住了刚才那个宣传课员，连珠炮似的发问。

"内容是什么？"

"出席记者会的都有谁？"

年轻的宣传课员不断重复"没听说过""不知道"等句子。星期六的晚上，安静的新区警署被一通电话瞬间搞沸腾了。

这时，山崎以直觉认定——

夜之王子被捕了！案件有了突破性的进展！

到处都是用快捷拨号键打电话的记者，看来已经确认无误。五分钟后接待处正面的大屏幕上紧急播放了"涉嫌梦见山女童被杀案的男性被捕"的消息。

山崎想着哪怕打听出一句话也好，便跑上楼梯直奔六楼署长办公室。但门前站了几个警署人员在护卫，采访署长看来是行不通了。山崎站在走廊窗边，按下手机的快捷拨号键。必须要寻求指示，虽然分局现在肯定是一片混乱。

他望向窗外，附近的居民朝梦见山警署聚集过来。很多新闻报道用的车辆穿过人海驶向这里。

暴风雨前的乌云在阴沉的天空中流动。大量乌云从西面不断压来，新区的上空很快便被黑暗完全笼罩。

❖

警察在家里待了十来分钟。

等到没有动静之后，我牵着瑞叶的手又下到一楼。餐厅里尚自摆着没吃完的早饭——变形的火腿煎蛋、冷掉的牛奶咖啡。餐桌上突然消失了人的气息，让人很不舒服。

走进起居室后，发现妈妈坐在沙发上哭泣着。

"肯定有什么搞错了。和枝才不是会做那种事的孩子！"妈妈一遍遍重复着。

窗外下着猛烈的暴风雨，树叶的乱响和电线上风旗的声音十分吵人。我不会忘记那个声音，不安与孤立的声音，好像在强劲的台风中，只有我的家人被挟裹住了。聚在客厅里的家庭少了一个人，客厅变得很空旷。

我和瑞叶的学校那天都放假。安闲度周六的气氛消失得无影无踪。那天傍晚之前我们到底都做了些什么来着？没看报纸也没看电视，只是四个人僵坐在客厅的沙发上。只有去卫生间时才会一个人，一完事就立刻回到家人中间。好像一旦分开，就会有谁又消失掉一样。

上午爸爸打了好几个电话。午饭只有吐司、牛奶和橙汁。但其实连这些东西都不用准备，因为大家除了喝的东西以外什么都咽不下去。

下午玄关的门铃又响了，全家听到这个声音时都僵住了。我感觉自己几乎要直接从沙发上跳起来。妈妈出去按下对讲机，是之前来的那个报社记者，好像是要向我打听夜之王子的事，但现在无话可说了。

"夜之王子，这么说就是弟弟和枝了。我的弟弟是杀人犯。"

毫无意外地，妈妈来到玄关告诉记者说我不在家。

接到警察的电话是下午四点的时候。爸爸接起听筒，听了一阵儿后非常小声地回复着"这样吗""知道了"。于是我们明白了。

和枝果然就是凶手。和枝杀害了一个和妹妹瑞叶同岁的女孩。杀了之后还把她像人偶一样吊起来，咬碎了她的乳头。然后又留下那个耍弄人的记号。蠢货，无可救药。

被杀害的女孩太可怜了。同岁的瑞叶太可怜了。爸爸和妈妈也太可怜了。还有，也许这么说不合适，但弟弟和枝也太可怜了。杀了人之后还不得不继续生活下去的和枝太可怜了。

那天我第一次哭了。但是连痛快的哭泣都没法继续，爸爸挂上电话说道："过一阵儿警察还会再来。晚上会发出逮捕令，说是要搜查我们家。干生和瑞叶去森井叔叔家吧。"

说完爸爸抱起瑞叶，对妈妈说道："别哭了。孩子们得有一阵儿回不了这个家了。去好好收拾下行李。"

不是"有一阵儿回不了"，而是说不定再也回不了了，这个家已开始沉没。虽然我这样想，但还是回房间开始整理行李。替换的衣服、教科书、植物图鉴、照相机……就好像准备出发去长途旅行一样。

心完全麻痹了，什么都感觉不到，只是机械地做着事。

爸爸开车送带了很多行李的我和瑞叶。这是一个低气压的傍晚，出车库时，邻居新川阿姨向我们打招呼。我和瑞叶点头回礼，爸爸按响了喇叭。汽车的喇叭声像工蚁触角一样短促，无力地消失在茫茫的暴风雨中。我们要去的地方是父亲公司里的一个朋友家，位于梦见山另一侧。汽车飞驰着，穿过熟悉的街道和暴雨中的新区。

这是我第一次如此认真地看着自己居住的街区。红花七叶树每一棵都是这么漂亮,我平时放学的时候从来都没注意到过。

再见了,七叶树。

再见了,便利店。

再见了,信号灯。

这么说是因为我在森井家看到了那个五分钟的记者见面会。

※

晚上九点四分,梦见山警署五楼的剑道场被特设成记者会会场,县警署搜查一课课长堀重则和松浦慎一郎署长宣布记者会开始。八十坪[1]大的宽敞道场都快被媒体人员填满了。各民营电视台的摄像机在记者席后方排了一排。自打从事这个工作以来,山崎还是第一次看见超过二百人的报道阵容。

堀课长扫了扫手边的笔记开始宣读上面的内容。十几个话筒伸到他嘴边,刚一出声按快门的声音就像鸽群振翅一样充满了会场。

"梦见山区后山女童被杀弃尸案的嫌犯,已于本日下午五点,被带回辅导。"

---

[1] 日本土地或房屋面积单位,1坪约合3.3平方米。

用的是"辅导"而不是"逮捕",记者席上一片哗然[1]。

堀课长视而不见,继续道:"辅导地点是梦见山警署。嫌犯少年A是初中一年级的学生,男性,十三岁。"

众人一片叹息,记者席重归安静。只有闪光灯不停闪着。

"嫌疑人在五月十七日下午三点到四点间,于东野市梦见山区后山的自然保护课工具屋内把受害者勒死,再用麻绳把尸体吊在工具屋内将其遗弃。"

记者席里有人问道:"请问破获案件的线索是?"

"以现场调查为中心,通过细致的搜查推断出了犯罪嫌疑人。今早进行了讯问,嫌犯交代了罪行。"

下一个问题尚未提出,桌旁站着的宣传课员便大喊道:"只能提几个问题!"

然而,记者们完全无视此人,问题纷纷出现。

"凶器是什么?"

"从少年的家中搜出了腰带,我们认为他是用这个腰带作案的。"

"少年就读的初中是哪所?"

"无可奉告。"

"犯罪动机是什么?"

---

[1] 日本少年保护法规定,对十四周岁以下的犯人不能启用"逮捕"等刑侦程序,只能辅导教育。

"我们将进行严谨的调查。"

这时,刚才的那个课员再次喊道:"好了,记者会到此结束。"

山崎看看表,晚上九点零九分。见面会只有五分钟,对如此重大的案件来说罕见地短,可以算是特例。尽管记者席的骚动无法平息,但堀课长与松浦署长顶着提问和闪光灯的风暴,早早离开了剑道场。

被捕的犯人只有十三岁。

如此一来,县警的口风怕是会变得更紧了……山崎暗暗寻思。毕竟这不是"逮捕",而是"辅导"呀。这个字眼之轻,跟事件的严重性完全不符。这与一时起歹心在商店里偷了偶像歌手的CD完全不是一回事。少年所犯下的罪行是杀人。他的姓名和来历都被隐藏起来秘而不宣。

然而,不可能就此了事。

少年就读的中学、当地的居民……无论是警察还是少年法都不可能堵住所有人的嘴。少年行凶这个意外的结果令事件一发不可收拾,从此整个新区就会像今夜的暴风骤雨一样风雨飘摇。

通常来说,随着案件的破获,新闻报道会成倒三角形状渐渐稀少。这次却不是这样。恐怕从今天开始,事件会回到一个新的起点吧。山崎望着争先恐后杀到出口的报道阵容,因这不祥的预感而微微发抖。

◆

　　森井叔叔的家是三千多号，与我家隔着梦见山，在正相反的东北地区。

　　森井叔叔是父亲研究所里的同事。我小学时常常跟他们家到利根川的川原和九十九里去野营。当然和枝也在——那个因为吃多了烤肉而坏了肚子，穿着泳裤坐在浅滩笑着解手的和枝。我还记得弟弟幸福地睡在帐篷中的样子。

　　"哥哥，好暖和啊。"

　　哭都哭不出来。这一切都像是一万年前的事。

　　森井叔叔和阿姨热情地欢迎了我和瑞叶。把我们放下后准备回家时，爸爸站在汽车旁，头简直要低到双膝之间，在暴风雨中深深地俯下身去长长致了一礼。这样郑重的礼节，好像再也不会相见一样。

　　那天因为低气压一直在下着暴雨，所以看不到晚霞，不知不觉中就从白天变成了黑夜。瑞叶晚饭吃了咖喱饭，然后在森井家客厅旁的和室里盖着毛巾被倦极而眠。

　　晚上九点时，原本节目音量很小的电视突然切换成了新闻报道。

　　只听女播音员沉声说道："下面播放内容变为……"

森井叔叔说道:"怎么办,干生?是不是关了电视比较好?"

"不用,请让我看看吧。"

我不可能从这个事件中逃离,所以不看不行。关于那个五分钟的记者会大家大概都知道了。我只是看着,对记者见面会本身毫无所觉。只是从警察沉重的口吻中,我能感到和枝做下的事是前所未闻地严重。

记者会结束后,摄像机从会场搬到了梦见山警署的入口,拍摄正在进行报道的记者。后面站着一群孩子,对着镜头做出V字手势,拿出手机拨打电话,可劲儿地玩闹着。在画面右端我看见了长谷部卓和凹凸二人组的脸。这也没办法,对无关的人来说,只要上个电视就好像过节一样了。而我也没有生气的权利,因为和枝是我的弟弟。

森井叔叔在新闻结束之后关了电视,看起来在生气。

"干生,不能认输哦。绝对不能认输!"

森井阿姨的眼里也盈满泪水,轻轻点头。虽然刚吃过晚饭,矮桌上还是堆了小山一样高的零食。

"谢谢!"我反射性地回答。

但是,不能输给谁呢?我都不知道与谁战斗才好。那个对手到底怎样出招,在下面的一周内我们全家都会彻底领教。这些招式我就不向大家说明了,因为实在是太过分了。

晚上十点多,我洗完澡,对森井叔叔说道:"不好意思,我想出去一下。"

森井阿姨问道:"啊,还缺什么东西?"

"不是的。刚才给家里打了好几通电话,但一直没人接。我想回去看看情况。"

叔叔点点头,问道:"我陪你去?"

"不用了,让我一个人去吧。看完家里情况后我就立刻回来。"

"明白了。有什么事儿的话立刻打电话,我去接你。"

在森井叔叔和阿姨送我出门时忧心的目光中,我走进了夜晚中的新区。我穿着T恤和牛仔裤,头上戴着科罗拉多州立大学的棒球帽,没有度数的装饰眼镜是森井阿姨借给我的。

入夜后雨虽然停了,但猛烈的风还是那么强劲。路两旁的柳枝像水母一样被吹得高高飞舞。我把帽子拉低盖住眼睛,顶着快把我吹跑的风艰难前行。

风也好道路也好,都还湿漉漉的。路上车如流水,像是夏日祭的夜晚。大家都很亢奋,但那情绪不是来自欢乐。

※

记者会结束后,山崎正要走出梦见山警署大门,发现周围聚集了很多人,多到了快发生危险的地步。不知从哪里传来爆竹的爆炸声和愤怒的劝阻声此起彼伏。警署前的道路上反常地发生了交通堵塞，几个警察在疏散交通。各报社的记者只要见到初中生模样的孩子就会上前抓住，连连询问对方是否认识作为嫌犯的那个少年。

山崎是从总部社会部前来支援的同事岛冈耕寺嘴里听说少年A的姓名和住址的。岛冈那天为了追查夜之王子的传言，曾去梦见山中学对几个学生进行了采访。

"虽说一切都不会对外公布，我还是告诉你吧。少年A名叫三村和枝，据说是梦见山中学一年级的学生。太可怕了！"

岛冈又说了住址——梦见山一千七百多号。停车场阴暗的角落里，他悄悄地告诉了山崎。山崎立刻从背包中掏出采访笔记，确认今天去拜访的少年的姓名和住址。凶手的住址就是那个少年的家。他读着笔记上潦草记录的家庭结构，至少可以确定凶手不是那个脸上长满痘痘的纯朴少年，估计是他弟弟。山崎这样寻思着，不知为何松了口气。他想起了躲在走廊一角窥探采访情况的黑影。

那个影子，就是夜之王子少年A吗？

土豆一样的少年和他时尚的母亲，还有去年为止还和受害者同班的妹妹……

山崎一想到他们未来的命运，心情就变得非常灰暗。

事件闹大了，不会因案件告破就完事大吉。那个少年现在在做什么呢？山崎向岛冈道了谢，一个人逆着梦见山警署前的人流走开。他当然明白就算亲自去一趟也没大用，但哪怕一眼也好，他就是想去那个门前排着七叶树的少年家看看。

那个干净洁白的家,是座看不出哪国风格的西式建筑,漂亮得像是电视剧里的主妇搞外遇的舞台。这个样式在新兴住宅区随处可见,里面的人究竟过着怎样的生活呢?

夜空中暴雨的乌云在奔流。湿漉漉的风沉沉地打在背上,山崎不觉加快脚步。

❖

我家即使从很远的地方也可以一眼认出。因为在七叶树的大道上只此一家闪闪发光,十分耀眼。

前面的大道上停了许多车,电视台的人用灯光打亮了白色的二层建筑。周围其他人家都用挡雨板和窗帘紧紧遮住沉入黑暗中,而我的家却在春日的夜里鲜明地浮显出来。晚上十点过后,街上基本没有行人。就算偶尔有人经过,也会被新闻报道人员团团围起拉住采访。

我在门前二十米开外的电线杆下的阴影中,遥望着令人怀念的家,觉得它离我无比遥远。也许以后再也不能一边说着"我回来了"一边打开玄关的大门。忘记带走的药用洗脸皂,还在洗面池上放着呢吧。

屋里的灯都被关上了,一片寂静。家里似乎没人在。偶尔还会有记者按下对讲机，或是从客厅的铝窗框缝隙中向里窥视，但是没有任何回应。爸爸妈妈大概去了别的什么地方。是还在梦见山警署没回来吗？还是与我正好错开，去了森井叔叔家？

我还惦记着躺在车库的山地车，还有从翻倒的可乐瓶里伸出一半到草坪中的洒水管。要早知道会发生这样的事，之前就该好好打扫一下，之前要是对这个家更上心些就好了。

然而一切都晚了。我再也无法为这个家做些什么了。你看现在我甚至连靠近它都做不到。时常有摄影师在家门前到处拍照，咔嚓咔嚓被按下的闪关灯，像光鞭一样敲击着我的家。

我的家在疼痛。

我默默道了句"对不起"便逃走了。不想被附近的邻居看到。如果那些人朝我走来，被闪光灯那样灼烧，我肯定会变得不正常的。那么明亮正直的光芒，我实在无法承受。

※

山崎到达被带走辅导的初中一年级少年家时，是晚上十点半左右。白天来拜访时，路上一个人都没有，现在却聚集了五十多人的报道阵容。街道对面能从正面拍到少年家的地方，林立着照相机和摄像机。连某电视节目的主持人都进了现场。她用粉盒补好妆，站在电视照明用的灯光下，按响门铃，回过头开始表演出恐怖的样子。摄像机毫无顾忌地拍下少年家的门牌。

少年家中感觉不到人的气息。还好没有人在，山崎心想。对少年的罪行也好，对案件破获后就开始欢欣鼓舞的媒体也好，山崎都有点厌烦了。

确认了热烈的采访状况后，山崎从眼前的第二个路口开始折返。他实在不想被哪个前辈记者抓到，被派去附近邻居家去协助采访。能登到明天早报上的材料够多的了。

在返回前方基地的路上，山崎发现了藏在电线杆阴影下的少年。在他过横道时，山崎瞥向他，辨认出那藏在棒球帽下的脸。脸上有着疙疙瘩瘩像是被锉刀粗暴锉过的痕迹。虽然戴着眼镜，但十分像那个他曾经想采访的纯朴少年。是少年A的哥哥吧。山崎不由得招呼道："不好意思，是三村干……"

"对不起。"

小个子男孩这样说着，"嗖"的一下冲出电线杆的阴影跑掉了。棒球帽被风吹落在路边，他连捡都不捡。穿着白色T恤的身影在春天的暴雨夜中远去。其实他没有必要跑掉的，山崎原本也没有采访的打算。

无论在哪儿都不会有百分之百热爱自己工作的人。他只想对少年说"自从你弟弟作为嫌犯被带走辅导后，我就失去了干劲"以及"你也不要认输，好好加油"。

之后回到分局还要撰写报道稿，检查完一堆校样传真后，版面讨论会会持续到天亮吧。要早上五点左右才能回到自己房间。真是一份不幸的工作啊。

山崎叹了一口气。为了捡起少年掉下的棒球帽，他抬起沉重的双腿翻过护栏。

第二章　暴雨中的家

❖

　三天后，弟弟的照片传遍全国。

　虽然也有店家自觉不去销售登载照片的写真周刊，电视上评论家也讲解了很多少年法的内容，但我觉得发生这样的事也是没办法的。毕竟，如果他不犯下那个案子，照片也不会被周刊登出。

　照片是五月初梦见山初中一年级去霞浦远足时候照的。站在岸边的五个人中，只有和枝的眼睛没被挡上，大概是有人说了什么笑话，弟弟开心地笑着。纯真的笑颜让人完全无法想到他会是做出那种事的人。背后的湖面波光粼粼，十分耀眼。

　虽然我觉得这张照片传播开来也是没办法的事，还算能够接受，但对另外一张照片的公开却感到十分悲愤，不可原谅。但就算我觉得不可原谅也没什么用。这张照片只在主角眼睛上加了一个非常非常细小的遮挡，只有百奇饼干棒那么细，仅够把黑眼珠消掉。这是妹妹瑞叶的照片，就是那个妹妹把炖牛肉的粗大肉块满满当当地塞进嘴里的镜头。照片是从之前说过的那个广告中截下的图像，扫描得十分清晰。就算挡住了眼睛，但只要看过那个广告的人都会认出瑞叶的脸。这张照片被公然登在了和枝那张照片旁边，大小是和枝照片的四分之一左右。图片解说是——"少年A的妹妹是人气广告中的小演员"。

报道上说，是为了让少年A感到自己犯下的罪行之严重才决定登载照片。看来那些人一定也想让瑞叶感到，罪犯家人中八岁的女孩也对罪行负有责任。我不是开玩笑。从和枝被带走辅导的那天开始，席卷我家的风暴之猛烈，是那晚的暴雨完全不可比拟的。

我和瑞叶被寄放在东京的外公外婆家，毕竟我们不可能一直都住在森井叔叔那里。爸爸妈妈因为要和家庭法院[1]的调查官和陪同护理人面谈，所以不能离开东野市。而和枝作为嫌犯少年A则依旧需要在梦见山警署拘留十天。

于是我们就同外公外婆一起住在东京。他们具体的姓名，希望大家就不要问了。外公外婆住在一幢很大的公寓楼里，就在地铁东西线门前仲町站的旁边。虽然听妈妈说是一个像过节一样热闹的商业区，但这里只有钢筋混凝土的建筑和首都高速公路的高架桥引人注目。

瑞叶和我都休学了。在大家都上学的时候，不知怎的我们连

---

[1] 家庭法院是与地方法院并列的、专门处理少年违法犯罪案件和家庭纠纷案件的法院。

去闲逛的勇气都没有，一直把自己关在家中。

瑞叶说道："我们再也去不了学校了？再也回不了梦见山了？"

我无言以对。

虽然外公给我们买了游戏机，但我本来就不擅长打游戏。每天最快乐的时光就是傍晚同龄的孩子们放学回家后，同瑞叶和外婆一起借买东西的机会在附近散步。但东京的绿色太少了，我时常会想起后山的山毛榉林。香樟的花是否开了？有时走在路上突然胸臆间就充满了绿色的草香。我怀念那些绿色。这种时候会因思念而全身难受，心脏就像被一只温柔的手轻轻揪住，眼里不由得浮上泪水，只想马上奔回新区。那片天空、树林、清风，我的家庭、学校和朋友，那里是属于我的地方。然而这个冲动不可能实现。

外公家时常会接到奇怪的电话。电话那头有时会突然传来诵经声，有时则不管说什么都没有回音，或是尖声大喊"杀人犯"，当然还有宣讲国家正确教育方针的。我接的那个电话里，对方温言说，"你们的祖先其实没死干净，而是附在了你弟弟身上"。这是一个没有听说过的新兴宗教信徒打来的电话。这个女人听起来像是真的很担心我们，非常亲切。我问她要怎么办才好，她说只有把所有财产捐过去入教才行。还说如果不这样做的话，连我都会被附身然后一时冲动杀掉瑞叶——"所以，在一切还来得及之前，记得好好转告父母哦"。

我说"谢谢，我会考虑的"，然后挂了电话。自从和枝的事发生之后，我就变得不会发怒了。我明白，这世上生活的所有人都有想说的话和各自的道理，每个人都特别想把痛苦传达给别人。我家没有立场作任何反驳，便成了一个很好的靶子，让他们可以尽情把搓好的泥团丢过来。

于是，我每次被泥团打到都会鞠躬。

"谢谢，我会考虑的，我也有同感。"只要机械式地重复这些话，眼泪就不会掉下来了。

＊

后山女童被杀案的凶手是十三岁的少年，这件事让举国上下都受到剧烈的冲击。被带回辅导后，一夜之间，少年A的信息洪水一般席卷了各大媒体。占了梦见山报刊亭一间屋子的前线基地里，也充斥着各种可以登在报纸上和不能登载的信息。

少年A的真名、出生年月日、就读学校、住址、电话号码、家庭成员、父亲的工作单位、父母老家的地址、联系方式都被摸清了。少年A虽然从小学起就是偷盗商店、纵火、破坏设施的惯犯，但并不是一般意义上的不良少年。在出租录像的店里，他也只借些恐怖电影。虽然经常不上学，但成绩优异，也没有任何违法行为的先兆，没有性犯罪的前科。学校方面也从未有过被体罚、成绩不佳等问题。与家人也没有特别不睦，经济上很宽裕，与哥哥的兄弟关系也还好。通过采访得来的A的形象，就是现下街上随处可见的少年。只是山崎对看不出犯罪动机这点感到非常不安。

搜查总部对梦见山孩子中流传的夜之王子传言十分关注，于是仔细调查了小学、初中、公园的设施的损坏痕迹，还有后山火场中留下的记号，从惯犯少年团体中筛选出怀疑对象。

决定性的线索是少年A的文章。少年A就读的梦见山中学里，校刊是由学生自由写作的文章组成的。自由写作不是作文练习也不是命题作文，是孩子们在有话想说时自然而然涌出的自由表达，既有日记也有感想，其中也有情书、散文诗和幻想故事等，题材十分广泛。因为遵照法国教育家瑟勒斯坦·佛勒内提出的实践性学校改革运动，梦见山中学把这个与校内电脑网络连接起来，作为教室里的学习资料使用，同时对家长和当地居民也广泛公开了。

少年A在中学入学不到两个月的时间内，在这个校园网络上发表了七次自由作文，其中六次是以夜之王子为主题创作的与真实无关的幻想文章，描写的是夜之王子杀人和毁尸的恐怖故事。少年A总是以同样的话来结束故事："夜之王子也一定存在于你的心中。"

搜查总部在把少年A带走辅导之前，派了两名搜查员要求学校方面提供这个资料，还仔细打听了少年A平日的表现和在学校的情况。

搜查员综合收集来的零碎信息，对犯罪过程作出如下推断：

五月十七日，星期日，下午两点半，少年A在附近的儿童游乐园碰到了有过数面之缘的女孩。少年A对女孩说带她去看从事模特工作的妹妹的拍摄现场，把她诱拐到了后山山顶。从被孩子们称为"秘密通道"的斜坡底下，进入了自然保护课的工具屋，并在工具屋内实施了犯罪行为。

少年A先是从后面用右手环住女孩的颈部，再用左手扣住右手前端用力勒紧。然后再把女孩推倒在地，用俯卧的姿势双手掐住女孩脖子。最后他从牛仔裤腰际抽出腰带给予女孩致命一击，将其勒死。

作案后，他灵机一动想在现场留下夜之王子的记号，便用绳子绑住尸体。他中途回了一趟家，又带着银色的喷漆罐回到现场。在返回途中爬山时他觉得单单留下记号有点太无聊了，于是把女孩用绳子吊起来，弄乱她的衣服，在乳头处留下咬伤，满足之后又在工具屋的墙壁上画下记号："夜之王子，前来拜访！PRINCE OF THE NIGHT，这不是最后！"

然后他回到家中，与家人吃过晚饭后，反常地在晚上九点半就早早就寝，第二天又照常上学。

搜查总部在五月三十日星期六对他家进行搜查后，查获了作案使用的银色喷漆罐、布腰带和恐怖电影录像带等。

少年A招供的突破口是，搜查员拿出伪造的鉴定报告，证明现场留下的记号与自由写作的笔迹一致。审讯从早上八点开始，到下午三点四十分少年A招供，其间障碍重重，进行得无比艰难。据说少年A在长时间的讯问调查中，始终冷静自持，毫不慌乱。

少年A显出激烈的反应只有一次，那是当搜查员提及他母亲和妹妹之时。

"如果是你的妹妹和母亲被杀了，你是什么感觉？"

只在这个时候，少年A发出了短促的坦白似的声音。

"我不可能让她们被杀掉，不可能让她们被杀掉的。"少年A喃喃说道，眼中浮现泪光，但到底还是没有哭。

❖

弟弟于六月四日从梦见山警署被移送到了凑地区的少年鉴别所[1]。第二天，弟弟乘面包车去了儿童游乐园和后山，进行实况核查。我在电视上看到了被蓝色塑料膜挡住的和枝。这是上周六以来第一次见到弟弟的样子。可事实上我最多只见到了他穿着塑料拖鞋的纤细脚踝。认识的人一上电视就像个陌生人了。对所有电视机前的人来说，和枝大概就像个外星人吧。

周五傍晚，妈妈从东野市过来了。她穿着黑色西装裤、黑色

---

[1] 日本将家庭法院派送来的少年收容一段时间后，根据医学和心理学等专门知识对其身心状况及性格进行鉴别的国家设施。

上衣、黑色便鞋，戴着墨镜。这是我第一次看到妈妈穿一身黑。只是一周，她脸颊就消瘦下来，脖子和脸上的线条都变得冷峻，眼睛凹进去，眼尾的皱纹变深了，像完全变了个人。上野站的站台上，瑞叶紧紧抱住妈妈，一直不放开。我同外公外婆站在一旁，看着这一幕。

我们回到门前仲町的公寓，大家吃了买来的寿司。虽然瑞叶想一直待在妈妈身边，但妈妈说要与外公他们商量大人之间的事儿，要我去陪瑞叶玩。我给瑞叶读了安徒生的《海的女儿》。如果终归是要给她读书的话，我觉得还是林耐的《植物种志》更好，但有时还是不得不让步的。灯一暗下，瑞叶就困得睡去了。尽管如此，我还是没法出屋，因为透过公寓薄薄的墙壁，我听到妈妈和外婆的哭泣。铝窗框稍微开了点缝儿，街上的灯光之上，东京明亮的夜空广阔无边。这是一个进入梅雨季前柔和的春日夜晚。

我茫然地思索着自己到底能做些什么。为了瑞叶和妈妈爸爸，为了变成少年A的和枝，还有为了死去的女孩，难道我就没有什么能做的吗？无论我如何思考都找不到答案。

那晚，妈妈、瑞叶还有我三人睡在一个房间。我还记得睡前妈妈说的话。

妈妈用双臂抱着睡熟的妹妹，低语道："和枝还是个小婴儿时，特别特别可爱。他一直都很开朗，一点都不用操心。每天早上起来，第一件事就是对着天花板使劲儿笑，高兴地哇哇叫着。

真是个可爱的小孩啊。"

在灯泡的微光下，我听到了这些话。我不记得和枝的婴儿时代了，但他那时一定很可爱。

"然后变成这个样子……到底是为什么呢？为什么会变成这样，我这一周基本上都没怎么睡，一直在思考。也许是我和你爸爸的错吧。但干生和瑞叶都正常地养大了啊。我实在不明白，怎样都没法把那个可爱的小婴儿和做出这种事的和枝联系到一起。我实在没法相信。但如果这样说一定会被媒体责怪说没有反省，没有认识到自己的责任。"

写真周刊把妈妈描绘成了一个爱虚荣的野心家，是个为了宣传妹妹什么都做得出的经纪人妈妈，为了有才华的妹妹就放弃了她上面的两个哥哥，因此敏感的小儿子就沦为了凶犯，很通俗易懂的故事。

也许说得没错，也许说得不对。作为故事中迟钝的哥哥，我是搞不清楚的。然后是片刻的静默。我睁开细小的眼睛看看妈妈。她憋住声音默默哭着，泪水从眼角流到太阳穴。每当新的泪水流出，白色的泪迹就会汹涌起来，然后再慢慢变细。泪水一滴一滴不停地流下来，但是马上又消失不见。这回我的眼睛也热了，房间中的一切都变得模糊不清。

第二天我们三人去了台场。这是第一次。不巧是阴天，从百合鸥线[1]上看到的台场，是一片广阔到完全不像处于东京的土地，上面星星点点地耸立着很有科幻感的楼房。空地上与季节不符的金棒草的黄色花朵在风中摇曳。

我们走进车站边的一幢大楼。三人悠闲地逛了家具店、书店、CD店、特产店……星期六下午外出的人很多，没能逛得太尽兴。瑞叶一直拽着妈妈的裙角，一刻也不松开。她头也不抬地看着地上，回避着别人的视线。我们去了这座楼里的饮食街，进入一家专门做海产品的店。

现在已过了午饭时间，能看见不少空位。我们点了店里的特色烤龙虾。巨大的窗户外面是有着木质顶棚的阳台，如同外国电影中出现的木板路。对面是灰色的东京湾。海天融为一体，一片灰色当中漂浮着更灰的货船和石油联合工厂。吃完饭后，妈妈说有事要和我们商量。

"明天我们回梦见山。不过不是回那个家。我在郊区租了一间公寓，只是有点局促。干生、瑞叶和妈妈一起住在那里。"

"爸爸也一起住吗？"瑞叶问道，言下颇有忧虑之意。

"很可惜，爸爸和妈妈离婚了。"

我说道："果然是因为和枝吧。"

"是啊。虽然爸爸说为了不给公司添麻烦而提出了辞呈，但

---

[1] 一条高架单轨城铁线的名称。

被公司劝阻了，现在住在公司的单身公寓中。尽管离婚之后干生和瑞叶会改随姥爷的姓，但我们的家庭是不变的。所以不要担心了，好不好，瑞叶？"

瑞叶默默地点头。她大概还不明白到底是怎么回事。

"然后，想要商量的是学校的事。对你们二人来说现在都是重要时期。我同老师谈过，老师说如果长期休学的话就不容易赶回进度了。转学到别的学校也行，在那里用新的名字重新开始。如果不喜欢梦见山的话，来东京上学也可以。瑞叶觉得怎么样？"

"想留在爸爸和朋友们身边，但是……"瑞叶突然扑簌扑簌地掉下泪来。

妈妈用餐巾给她擦了擦，问道："但是什么？怎么都行，说吧，我的瑞叶公主。"

"但是一想起小香流的事，我还是想换所学校。妈妈，我与小香流可要好了。"

说着瑞叶低下头去，肩膀一抽一抽的。妈妈也哭了。我装作看向窗外，托着腮挡住眼睛。灰色的船在一片灰色的世界中航行。船的周围到处都是灰色。到达的目的地一定也是灰色的港口吧。我觉得自己无法逃脱灰色的人生了。

须臾，妈妈说道："干生准备怎么办？"

"去哪儿都是一样的吧。所以我准备就用现在的名字，回到梦见山中学。就算逃避也没用。无论逃到什么地方，那些人都会追上来。因为和枝是我弟弟这个事实不可能改变。"

妈妈讶然说道："干生变成大人了呢。是啊，去哪儿都是一回事儿。"她破涕而笑，脸上的妆都花了。

我再一次看向窗外，对这个灰色的世界，我不知道自己能做些什么。但是我会继续寻找，一旦找到，就会坚决做到底。

到达灰色的港口之前，就在灰色的世界中全力航行下去吧。

那一刻，我下定了这样的决心。

※

不出山崎所料，后山女童被杀案的犯人被带回辅导后，报道并没有像以往那样开始渐渐收敛，报纸、电视、周刊等媒体的采访会战反而愈加激烈。那家周刊对少年A照片和真名的报道，在全国引发了巨大的争论。把少年犯罪凶残化视为问题的保守派，和主张维护少年人权的革新派，像往常一样意见不合，争论不休。山崎在哪个理论中都能找到自己认同的部分。那家有问题的写真周刊在车站的报刊亭、二十四小时便利店、大书店里相继中止销售。但山崎认为，只要关于少年A的报道还在继续，爆不爆出照片和真名其实没有太大区别。这个事件不可避免地备受关注。然后，被万众瞩目的压力会渐渐压垮事件的相关人员。

朝风报社对后山女童被杀案的报道也是一天都不曾停止。

在少年A被带回辅导后，新闻报道的采访集中在了与少年直接相识的孩子们身上。学校和PTA的网站向各报道媒体下达了通知，谢绝对孩子进行采访，不过效果很不明显。直接询问相关人员，是采访原则基本中的基本。尽管人们对媒体的排斥日渐激烈，但不管心中多么过意不去，只要还在从事新闻报道的工作，记者们是不会让出第一线的。新区的上下学路线、儿童游乐园、东野第三小学和梦见山中学前，都排满了各家媒体的摄影师。宽秀的突击采访连日来都在进行，少年A和被害女孩家邻近的警察们的对讲机有时会被突然伸过去一支麦克风。这阵子山崎被分局长安排的工作就是尽量探明少年A心中的黑暗，搞清楚他的犯罪动机。

为了寻找孩子们的身影，山崎每天都走在两公里见方说不上有多广阔的梦见山新区里。遇见那些少年，是在少年A居住的西南区某家便利店的停车场。山崎提着罐装咖啡走出自动门，坐在柏油路上的四人组中的一人向他打了声招呼。他们看起来就是初中生的样子，穿着肥大的T恤和牛仔裤，和都市的孩子们没什么区别。

"喂，你是报社记者吧？我们这儿有好料，买不买？"

山崎朗然一笑，说道："是什么？我倒是很想听你们聊聊呢。"

"不，不是聊聊，是更好的东西。我们有夜之王子的小学毕业纪念册和他在班上的文集哦。"

"文集"这两个字让山崎心中一动。

"那……可以让我看看吗？"

"当然，如果你出钱买的话想怎么看就怎么看。现在出价最高的是周刊记者报出的十二万，你准备出多少钱？"

山崎摇摇头，再怎么说也不可能出钱买这种东西。他不相信会有记者能给少年们十二万这么多钱。

"没钱是吗？那地址、家人姓名和电话号码一套三万怎么样？"

和他们没有什么好说的。山崎放弃了，离开了这里。这虽然不是什么能见报的事，却听其他记者说过好几次类似的经验了。

还有一次在少年A家旁边，山崎被一个高中生样子的女孩叫住了："不好意思问一下，三村家是在这儿附近吧？"

少女知道少年A的真名。她穿着条格平纹布的短裙、白衬衫和藏青色毛衣，像是某个贵族女校的校服。她说是为了看看少年A的家，专程从东京乘火车再转巴士过来的。近来少年A家的周围正频繁发生着交通堵塞。来自全国各地的汽车从无人的家宅前缓缓驶过。也有人在房子名牌附近拍纪念照，但大多数人都只是待在汽车中呆呆地眺望着白色的房子。仅仅是为了这个就千里迢迢开车过来，山崎真是完全无法理解这些人的思维。

少年A被带回辅导已经一星期了，新区居民的沉默日渐加深。关于后山女童被杀案，没有一个人提及"案件结束"这样的字眼。这种措辞对于新区是不可能的,沉重的空气一直笼罩在新区上空。

在梅雨来临之前,梦见山和后山的新绿越发深邃和明艳,然而很少有人抬头欣赏这些。居民的视线都错开绿色的山峦,仿佛新区中央根本没有这座山耸立在那里一样。

❖

我们回到梦见山那天是六月七日,星期天。然而回到的不是新区的家中而是位于郊区的公寓。下了出租车,妈妈环顾四周。公寓是一个在田地中新建的蓝色二层小楼。入口前也看不到摄影师和三脚架。

我们上了楼梯走向二楼最里面的那个房间。用签字笔手写的名牌上是外公的姓。妈妈打开门。进去之后就是铺着塑料墙砖的餐厅。右手边是厨房。打开格子玻璃门,是一个六张和一个四张榻榻米大小的房间,什么都没有,只散发着一股新榻榻米的气味。

那晚因为没有微波炉,我们吃的从东京商店里买回的便当是冷的。妈妈给我们泡了热茶。六张榻榻米的那个房间的里放了一台十四英寸的电视机。我们一边看着周日晚上的节目,一边吃便当。由于我们一直忘了换台(尽管那时我们对电视节目都变得有点神经过敏，但还是一时大意），节目便成了七点的新闻。头条就是后山事件的后续报道。周末进行的对和枝的核实情况一下子从电视上蹦出来，屋子里的温度瞬间降到冰点以下。大家握着一次性筷子的手突然停止了动作。打了特写的双脚穿着一双看起来非常廉价的塑料拖鞋，这是和枝绝对不会买的那种便宜货，那家伙一定会选择勃肯之类的高档品。

瑞叶嘟囔了一句，脸上映着电视机的青光。"和哥哥为什么要做出那种事呢？"

这只是她随口的一句话，我听了却如醍醐灌顶，心怦怦直跳，喘不过气。

我找到我能做的事了！

为什么弟弟会做出那种事，我想去寻找这个理由。

不管是被逼迫的，还是自己主动冲进去的，一定是发生了什么才让和枝陷入这个绝境。杀人不是很简单就可以理解的，我对这一点很清楚。也许我一生也理解不了，但如果失去了试图去理解的意欲则一定不行。因为和枝永远都是我的弟弟，所以花上多少时间都无所谓。我就好好调查一下和枝的感受和心理活动吧，至少要做到能给自己一个交代为止。

即使那是最糟糕的行径，也有必要让人理解吧。否则，犯下罪行的人岂不是要一生都孤苦伶仃。哪怕是最差劲的人，有人陪在旁边应该也是可以的吧。而且那是我的弟弟，就更有必要这样做了。我嚼着冷掉的饭菜，这样想道。

关于和枝的事件每天都传播着大量报道，但没有一个能给出让人信服的说法。大家都只是从自己的角度众说纷纭地解说着犯罪动机。其中甚至有人说是因为学校供给伙食所使用的塑料盘子含有的环境荷尔蒙酚甲烷扭曲了弟弟的性冲动，令他变得凶残。

今后我将不逃避一切报道认真仔细地去看。案件的细节很明了了，凶手也找到了，花上多久我也不怕。拥有这样的条件，只是探明和枝的感受，就算不是大侦探也应该能做到吧。

不过实际上我还完全不知道自己该做些什么。尽管如此，在那个暴雨夜过后的第八天，在全新的房间里，我久违地一觉睡到天亮。

周一早上三人都早早地出了屋。瑞叶是为了和妈妈一起去新的小学，我是为了赶在早会前和老师打招呼。从公寓到梦见山中学步行要花三十分钟以上。我选择走田间小路穿过倒映着蓝天的水田。一大早牛蛙就开始叫个不停。早晨的风穿过蓄满水的田地扑面而来，虽然有点湿湿的，但并没有让人讨厌的潮气。下次我悄悄溜回家，把山地车取出来吧。

一走到能看见梦见山中学扶梯的地方，我的精神就突然萎掉了。碰到其他班级的学生还好，我根本不敢和同班同学照面。离上课还有一小时，上学的人还不多。我低着头被扶梯带到梦见山的山腰。离终点越近，紧张感就越强。玻璃管道中，回响着道早安的招呼声。在梦见山中学，过了七点就有班长站在扶梯出口和上学的同学打招呼，检查学生的迟到情况。

考勤的分数一直是五个教学楼的竞争点所在。打扫卫生、志愿工作、失物认领，还有合唱比赛和运动会的成绩等也全部都会换算成各个校舍的分数。在一年的竞争中得到第一，在梦见山中学是一项很重要的荣誉。因此每到年末大家都急红了眼，争相去敬老院做志愿工作或是去打扫马路。

扶梯已经到顶了，我只有硬着头皮走过去。

我做好心理准备，抬起了头。

"早上好！"我本想使劲喊出来，结果事与愿违，只是难为情地小声招呼了一声。

"早上好！"

十几个充满活力的声音回道。出口处玻璃砖大门的两侧，所有班级的班长都站在那里。打头的是长泽，美佐子老师也在旁边。

"欢迎回来，阿土。"

一瞬间我和长泽目光相接。我能看出来他不知该如何对待我，一副紧张的样子。他在担心我。说来有些不可思议，不过我的紧张一下子就因此烟消云散了。我默默地朝他点点头。

我同美佐子老师一起去了主楼的校长办公室。这还是我第一次在这种情况下进入校长办公室。我敲了敲门，推开，打了声招呼。在桌子对面读书的里见校长抬起脸来。

我们都来到沙发上坐下，校长直视着我的眼睛说道："这次的事件很令人痛心。关于令弟的事，我们学校也在反省是不是事先有什么能做的事没有做到。但是从校长的立场来说，比起过去的事件，学校里在读的学生们更重要。说实话，比起令弟，我们更在意你。你能回到梦见山中学我们很高兴。可惜的是有媒体的人员在，学校里也有对此还心怀芥蒂的学生。和事件发生之前相比，你所处的环境可能更为严酷。尽管如此，你还是会好好加油的吧？"

里见校长一直目不转睛地看着我。

连这个校长也被报纸和杂志刻画成了一个"拒绝采访"和"保密主义者"的形象。梦见山中学去年也有一个自杀的学生。媒体又把这个冷饭炒出来，联系上体罚、校园暴力、拒绝上学等问题大做文章。我忍不住想，由于和枝的错，给学校添了不少麻烦……

"我会努力的！"

话音落下，一旁的美佐子老师赞许地点点头。校长看起来也很满意。

"作为学校，我们一定会全力保护你。如果有什么事，希望你不要有负担，直接找我商量就好。明白吧？"

"是！"

校长朝封死的窗户外望去。星期一早会开始之前，学生们纷纷出来集合。

"尽管学校有'文部省研究机关指定校''地区模范校'之称,但学校本身十分薄弱,在这次事件的骚动中完全不堪一击。三村,对学校发展学生个性的教育方针和学校对此次事件的应对,你的看法如何?"

我以为校长在自言自语,没想到会被突然征询意见,有点慌乱。在暴风雨中顶风说话是很困难的。这八天来,我对此体会得不胜其烦。

我的回答不算简单。

"虽然我不太清楚,但或许这就是没办法的事。"

里见校长笑道:"我一直都和大家说要清楚地发表自己的意见,但其实这相当困难啊。学习这件事,无论到多大岁数也不会停止。来,一起去早会吧。"

我们三人走过全校师生整齐的队列,来到早会台。让全校师生看到我与他在一起,我对校长的用心很感激。校长上台,我则回到二年级三班的队列。领口紧扣的长泽冲我点头致意,轮椅上的小道竖起拇指给我信号。早会开始了。

我终于回到了自己的学校。校园中大家都站在那里。仅仅因为如此,我的胸中就满怀感动。

※

六月十日，少年A的材料从凑儿童咨询所送至凑家庭法院受理。现行刑法第四十一条规定，未满十四岁者将不被处以刑罚。据此，即使梦见山少年A这样的行为构成了违法，也不会按犯罪处理。是以从法律上来讲，未满十四岁的少年不可能有犯罪行为。杀人、偷盗、乱用药物这些行为本身虽然对未满十四岁的少年来说是可能的，但就刑法来说，把这些行为以犯罪论处问责是不可能的。

后山女童被杀案在全国引起激烈的争论，原因之一就是这个违法的十三岁的少年A实在太有存在感了。他即使杀人也不算犯罪。就连初等少年院的收容条件，也如同少年法规定的那样，只接收十四岁以上十六岁以下的人。

在带回辅导的第二天，一些体育报纸就得出结论说少年A是在熟知少年法的基础上有意选择在十三岁这个时期犯下杀人这个可憎的恶行。他无法被当作罪犯送到少年院，顶多就是去儿童自立支援设施进行一年半到两年的长期治疗，然后对少年的救护就结束了。而且这就是单纯的治疗而已，既不是对其罪行的处罚也不是报应，甚至连矫正都算不上。对于想杀人的人来说，十三岁真是最佳选择。

这是钻了少年法空子的极端恶劣的"犯罪"。以此为契机少年法被重新考量，另外，对未成年的"孩子"的看法也从根本上被重新审视，这种趋势正在全国扩展开来。

保守派执政党的官房长官[1]在内阁会议结束后的记者招待会上，陈述了涉及修正少年法的意见。山崎所在的报社里虽然慎重的论调占主流，但来自读者方面的压力十分巨大。

同天，后山女童被杀案的搜查总部在梦见山警署解散。

最后的记者见面会，朝风报社只派了山崎一人出席。会场再次搬回到了二楼会议室。没有电视摄像机立在后面，并不算宽敞的会场里空座十分醒目。还是与以往一样，出席者是堀课长和松浦署长两人。

堀课长对搜查员的奋斗和媒体的努力表示慰劳。

松浦署长感谢了当地居民的协助，总结道："最后，我想为死去的女孩衷心祈福。也祈愿梦见山地区尽早恢复平静。"

然后，到了回答提问的环节。

山崎第一个问道："署长，对整个事件，您有什么看法？"

松浦署长看向记者席上的山崎，答道："少年案件的余波一向让人感觉不太好受。也许是时候该认真考虑如何应对整个地区的少年问题了。还有拜托媒体的各位，希望你们差不多也别再打扰梦见山了。"

---

[1] 指日本内阁官房长官，相当于政府秘书长，负责在内阁其他部门进行协调沟通，并代表政府"颜面"出任发言人。

和第一次一样，最后的这次记者会只有短短不到二十分钟。虽说少年A被送到家庭法院，搜查总部也解散了，但新区能这么简单就重归平静吗？山崎一边在已经不知道是第几本的采访笔记上记录着，一边这样想道。平静的水面下，事件的余波还会涌动吧。

见面会结束后，山崎和以往一样急急冲上扶梯旁的楼梯。随着案件告破，也许能从松浦署长那里挖出一句真心话。追着向上方远去的有节律的脚步声，山崎两级并作一级奔上贴着白瓷砖的楼梯。

他追到四楼的楼梯平台处，冲着松浦署长厚实的背影，招呼道："署长，十三岁的孩子犯下这样的罪行真是让人吃惊呢。"

松浦警视正转过晒黑的脸庞看向他，脚步却未停下。

"不是罪行，是'违法行为'。新闻记者措辞不正确可不行啊。"

山崎与松浦署长肩并肩走着，一起上楼。

"梦见山以前有过少年违法案件吗？"

"有倒是有过，但比起其他地区也不算特别频繁。学校里的恶作剧到处都有，完全到不了上报纸的程度，这山崎你也是知道的。要我说的话，这次事件中的少年是突然变异的个例，和通常那种不良行为完全不在一个层面上。"

山崎想起了自己以前听说过的松浦署长的家庭成员。

"署长家里也有一个差不多年纪的儿子吧。不是以警官的立场而是从家长的立场出发，您怎么看这件事？下面的话不让报道出来也没关系的。"

松浦署长一瞬间露出了为难的表情，瞅了一眼山崎。

"就算你这么说，我也只能从死去女孩的角度来看待这件事。至少，如果我是那个女孩的家长的话，肯定会怨恨现在施行的少年法吧。我绝对不可能原谅那个少年，也许想要杀了他也说不定……"

松浦署长放松了严厉的表情，声音也变柔和了。

"还有，我家孩子是完全不用操心的。他正在以让父母都觉得耀眼的程度茁壮成长。说实话，完全想象不到他能成长到什么地步。呵呵，也许这只是家长的偏爱也说不定。"

两个人一直上到了六楼。署长办公室门前，一个负责事务的署员拿着一沓厚厚的复印纸等在那里。

"那就到这儿吧。"

松浦署长笑着对山崎挥挥手。山崎看着贴着木纹贴纸的沉重铁门在眼前关上。自己虽然还没有孩子，但可以想象那个少年A的家长一定也和松浦署长一样爱着自己的孩子、相信自己的孩子吧。山崎禁不住这样想。

❖

　　回到梦见山中学的第一天虽然还有点不太自然，但在上第一节课和第二节课的过程中，渐渐觉得身体又习惯回来了。尽管觉得好像休了好长好长一段时间，其实也不过九天而已。

　　课间休息时同班同学的反应就是完全无视我。大家对我的态度就好像和枝的事不存在一样，全无变化。虽然长泽、小道以及让我没想到的八住春纪对我变得格外关切了些，其他同学则一如既往。就像校园外小水塘中的水似的，十分平静。我曾怀疑这种态度是不是他们之前在周会上讨论出的对事件的应对之策，但看起来并非如此。他们只是毫不关心而已。

　　在课堂上也是同样的情形，没有一个老师提及后山事件。尽管有点不可思议，但我还是什么都没说。我没有说出来的勇气也没有说的权利。整个学校都装作什么都没发生的话，那么不幸的事件就不存在了。好像学校全体人员都决定这样做。

　　放学后，长泽来到我的座位前，借给我休学期间的笔记。我打开笔记本哗啦哗啦地翻着。不愧是班长的笔记，特别整洁，简直可以直接印出来当教学参考书。这么说来，每次提交学习笔记，长泽都能得A也是理所当然的了。

　　放学路上，我与长泽和小道三人一起下了梦见山扶梯。在新区那侧的广场上，立着几台三脚架，几个摄影师呆站在那里。一看见我的脸，他们就立刻紧张起来，掐灭烟头，冲到照相机前面。

小道打趣道："阿土像个大明星似的呢。"

长泽朝小道使了个警告的眼色。

"没事的啦，长泽，我知道小道没有恶意的。比起完全被无视，开开玩笑倒是让我更轻松。"

"抱歉啊，阿土。"

"说了没事的。对了，我们到下面就分开吧，我不想让摄影师们跟到我新家去。"

于是我们在广场道了别。往常都是我推着小道的轮椅，这天换长泽来做了。我目送着他们的背影，瞥了一眼摄影师们。

有四五个人背着方形的相机包追了过来。我连忙谢绝了他们，走上梦见山的盘山路。慢悠悠走到后山背面后，我突然改变方向跑向兽径。阴天的山毛榉林中就像夜晚一样暗。追赶过来的有脚步声、树叶的沙沙声和枯枝被踩断的声音。不过在这座山里想要追上我是不可能的。借用秘密基地的绿色迷宫把摄影师们团团围住，我从反面的台阶口下了山。

但是……如果没这么做就好了。我的得意仅仅维持到到家之前。水田中的公寓前聚集了很多摄影师。我的脚步变得沉重，在闪光灯的照耀下登上铁楼梯。这就是明星的悲哀吗？我倒是无所谓，但一想到瑞叶只有八岁就不得不忍受这个，眼前不觉一片黑暗。

打开玄关的锁，发现狭窄的水泥地上摆着瑞叶的鞋子。窗帘全部拉上，灯也没开，电视机也关着。我一边叫着瑞叶的名字一边在狭窄的屋子中寻找她的身影，但哪里都找不见她。突然一个念头闪过，我连忙打开和室的橱柜。

果然在这里。橱柜的下层中，妹妹裹着毛巾被缩成一团睡着了。脸上干涸后的泪痕泛着白色的光芒。

※

少年A被送至凑家庭法院的第二天，朝风报社结合自家的报道把对少年问题的思考做成了特辑，以五回连载的形式登出。标题是——《从梦见的森林说起》。

这个事件中无论哪家媒体都被各种错误信息和难以收集情报的问题所困扰。后山女童被杀案从搜查总部流出的情报极为稀少。警察派去跟随少年A的专属搜查班有五人，从警署内的搜查总部分出，借用了梦见山西南地区某公寓楼的一间房子，极端机密地清洗少年A身边的人员。连检查少年A家和犯罪现场时，也为了防止媒体袭击而在凌晨四点用匿名车辆进行，保密工作做得非常彻底。

朝风报社起先也是根据目击情报，用"成年男子犯罪"的条件来筛选嫌疑人，以过去有性犯罪前科的成年单身男子为中心在附近居民区走访调查。被带回辅导的少年A年龄之小，还有凶手与大家预想的形象偏差之大，让各家报道媒体受到双重冲击。

朝风报社的前线基地并没有在案件破获后关闭。虽然从东京本部社会部派来的记者都回去了，但凑总局和东野分局的记者还留在这里进行后续报道。山崎便是留下人员中的一个。

得知少年A的家人搬去了在梦见山新区郊外的新居这个消息，是在星期一中午刚过的时候。关于对待少年A和他哥哥的方法，校方和PTA之间似乎产生了严重的分歧。新家庭地址和少年A哥哥复学的消息，据说是那个哥哥同班同学的家长泄露给登门造访的几名记者的。

反对少年A哥哥复学的家长们主张：如果媒体继续在重点中学附近骚扰，会影响到孩子们的学习，进而对他们应试产生不好影响。

不管什么事儿都把应试搬出来，真是PTA的恶习啊，山崎想。用这么随便的理由，就要剥夺没有任何过错的少年A兄长受教育的机会，这实在说不上正当。一定要找个机会和那个纯朴的少年好好谈谈。那个暴雨夜中匆匆离去的瘦小背影一直深深印在山崎脑中，而且说不定此举也可以在弄清少年A的违法动机上起到重要作用。

在山崎看来，和那个死去的九岁女孩一样，少年A的兄长也是后山事件的受害者。犯罪报道所导致的对犯人家属的报复伤害，无论在哪个时代都很严重。自杀、离婚、转职辞职、搬家、经营不景气、毁约、拒绝上学、骚扰电话等数不胜数。一想到这样的结果，山崎就不得不对自己的工作产生怀疑。

市民的感情被凶残的犯罪狠狠伤害，然后又形成浊流反向袭来吞没犯人家属。这股情感的激流对从事新闻报道的人来说就近在身边。尽管如此，他们也始终无法适应眼前这恐怖的、无休止的、能冲毁堤坝的黑暗之力。放在每个人身上单个看来都很微不足道的愤怒，最后却能一拥而上压垮犯人的家属。

被伤害的正义感。山崎从没见识过如此激烈、毫不留情的力量。

❖

一点点地去了解做出那种事的和枝的心情，下这决心固然不错，但我不知道该怎样做。好像有个聪明人曾说：这种时刻，只要把明白了的事情做好就行了。

如果说有什么事情是我稍微有所了解的，那就是植物观察和田野调查。而其中最重要的就是"鉴定"和"分类"。

说起鉴定好像是很难的哲学用语，但其实不是这样。地质学者识别岩石的种类，气象学者辨识云的种类，工程师甄选机械部件，这些都是很普通的事。鉴定，就是我们为认识世界而需要做的第一件事。理解云是云，星星是星星，正确认识某个对象之所以成为这个对象的本质因素，这就是鉴别。好像不知不觉中……说得太严肃了。

比如，在路边发现了一棵可爱的开花植物。观察花的形状、花冠的结构、雌蕊的数量、叶子的形状和根的生长方式，切实地抓住鉴定的决定性要素，再把自己的观察用植物图鉴之类的专门文献再验证一次，然后不断重复这个过程就可以了。如果能扎实地鉴定，自然就能够分辨出植物的种类。系统地分辨植物种类，就是"分类"了。

比起犯罪搜查，植物观察要简单多了。

后山事件中，我认为自己能够调查的领域有两个。

首先是我的家人、学校的朋友，还有书、漫画、录像等和枝直接接触的人和信息。这个用我擅长的领域来比喻就是，与田野调查很相似，在植物实际生长的环境中进行深度观察。

另外，我还需要做的是调查众人在报纸杂志上发表的后山事件相关报告，还有扩大范围综合讨论少年犯罪和凶杀案方面的资料。用植物学的话来说，这叫做文献调查。

不用着急，踏踏实实地一点点来吧。有个广告不是说，只要踏踏实实努力就会有好结果吗？不管怎么说，仅仅是思考这些事情，就断断续续花了我一周时间。我脑子的运转速度不是很快。虽然有时也会遇到困难，但我从来没有半途而废过。因为在现在这个世界中，像我这样长得不行成绩也不好的人，光靠心态好是没法生存下去的。

六月三十日，星期六，学校放假。我出门去查阅文献。要去的地方不是梦见山市民图书馆，而是东野中央图书馆，因为那边的书是这里的三倍多。

但是，去那儿之前有件事必须要办。我骑着山地车来到梦见山。一进入山中就下车步行，找找是不是哪里有花。我立刻就在山毛榉下面发现了盛开的车叶草花丛。它的特征是从轮生的叶子和花茎前端聚起十来个白色花朵，非常可爱，在昏暗的山毛榉林中十分显眼。我用小刀把花茎斩断，用十几棵车叶草做成花束。然后我又返回混凝土的马路，拔了几棵像是从道路裂缝中喷薄而出的蟋蟀草。茎的根部是淡绿色，闪闪发光，像塑料膜一样。我用结实的蟋蟀草茎把花束的底部牢牢绑住。用我自己的零花钱是不够买花店里的花的。

之后我骑着自行车朝最初的目的地进发。迫然寺是死去女孩的墓地所在。我单手拿着花束奔驰在水田中，虽然进了梅雨季，但今年的雨水很少。在梅雨期内短暂的晴天里，我骑着车，享受着清风的吹拂。

梦见山东北端的水田中有一个绿色的小岛，杉树笔直地伸向天空，这是人工种植的森林，靠近后可以看见气派的水泥大门。我把自行车靠在最里头一棵杉树的树干上，窥向门里，确定没有人在。我一进到里面就看到很多墓碑排在那里。正面庄严地坐落着一个全新的混凝土正殿。

我在一片片墓碑中，挨个辨认墓主的名字。看到快三分之一时，我闻到线香的味道传来。找到了！向井家的墓。前面供放着粉色的大丁草、森林蘑菇牌的点心和Hello Kitty的玩具。线香的味道还没有消散。我为自己寒酸的车叶草花束感到难为情。

我把这束野草花放在最下面，合上双手。

"对不起……"

然后，我再也说不出话来，任泪水湿了双眼。

听声音好像有人踩着石子路走过来，我飞快地逃走了，奔回藏自行车的地方，就这样头也不回地蹬上车跑了。

回到梦见山后我每周都来参拜，一次不落。明明在东京时就下定了这个决心，可心情还是摇摆不定，觉得这样只会让对方困扰吧，只会惹对方憎恶吧。我骑着自行车飞奔在水田中的小路上。

绿色这种颜色真是不可思议。它会随着彼时的心情，时而显得愉悦，时而显得忧伤。

◆

东野中央图书馆坐落在车站前的市政厅大道上。因为是周末，携家带口过来的人很多，没有工作日里常见的坐在椅子上睡着的工薪族。

我来到杂志角,立刻着手采集标本。周刊、月刊、画报、专业刊、综合刊……所有报道了后山事件与和枝的杂志我都从过刊开始查询。我在家里准备了几百张用笔记本撕成的书签。每看到想要的报道就夹进去一张,插满了书签的杂志一会儿就堆了十几本。堆到一定程度后,我就把杂志堆儿搬到复印机处。我往投币口里投进硬币,再一张一张小心地复印。一会儿再读也没关系,我想先尽量大量收集标本。今天做不完的话,星期天也可以再来。

又是一个半小时,第三次复印东西的时候,突然有人从后面拍了我的肩膀。

"三村,做什么呢?"

我慌忙回过头去,看到八住春纪站在那里。牛仔夹克配上牛仔裤,T恤胸口处印有一个硕大的拳头,上面写着"POWER TO THE PEOPLE",还真是不改她一贯豪迈的风格。

"在复印东西。"

八住春纪瞅了瞅复印机的出纸口。

《少年A十三岁的真相!》

大大的标题跳出来,大到让人觉得羞耻的地步。

"这样啊,在收集新闻报道啊。喂,弄完之后我们去喝茶吧。我请客。"

说完，她靠在墙壁上抱起胳膊。真拿她没办法。我心里面七上八下的，继续着复印工作。

我们来到图书馆大厅旁的饮品店。从窗口看出去市政厅大道的悬铃木叶子像蹼一样，在夕阳的照耀下无精打采地垂下来。我们点了两杯冰咖啡，八住春纪向桌子探过身来。

"你在复印关于案件的报道吧，为什么啊？"

春纪在说这话的时候好奇心满满，特别有压迫感。无奈之下，我只好和她说了我暗暗下定决心要探明和枝的心理活动。

"是这样啊。动机调查吗？做到能给自己一个交代为止，慢慢来吧。看起来挺有意思的，如果有什么我能做的，我会帮忙的。"

说完她嘟起下嘴唇粗粗地喘着气。短短的刘海儿摇来摇去。真可惜，明明长着一张挺可爱的脸，偏偏一点都不淑女。

"多谢。八住同学是图书委员吧，能否查到和枝在梦见山中学图书室借的书？"

"叫我春纪就可以了。查是能查到……"她蹙起形状清晰的眉毛思考着。

"是这样的。图书馆里的书按规定是不允许带到外面去的。不是说要维护思想和信仰的自由嘛。哪怕是警察到图书馆里要求出具嫌疑犯的读书清单，图书馆一般也是不予以协助的。"

"欸？这样啊。"

我还是第一次听说这种事。

"不过，阿土也不是要对弟弟进行思想上的镇压，那就应该没问题吧。我会用图书室的电脑给你查一下的。但在我们学校，电脑这些教学相关的器械不是没有专门的卡不能使用吗？所以你去拜托一下长泽比较好。"

梦见山中学的打印机、彩色复印机、扫描仪等器械都安装了计数器。每班各配一张卡，不插入这张卡就没法使用。管理卡片是每个班班长的工作。

春纪用吸管搅着冰咖啡，说道："我呢，其实并不怎么喜欢学校。事件发生有一个月了吧，但老师们什么都没说。就像明明有一块臭抹布吊在眼前，大家却拼命无视。太可笑了。这个调查动机的田野工作，能不能也算我一个？我读过的书不少，肯定多少还是能帮上点忙的。"

说完春纪把吸管抽出来，直接把杯子对到嘴边，一口气喝光了冰咖啡，冲我露出大大的笑容。这家伙还真不错。

"好啊。十分欢迎，八住副研究员。"

我们都笑了。不需要把所有东西都自己一个人背负，把自己搞得越来越紧张僵硬。田野工作必须要不急不躁、认真仔细地做。伙伴变多了是件好事。

※

六月的第二周,少年A的家人回到梦见山。山崎几次写信联系他们。所幸的是,那位母亲还记得少年A被带走辅导那天把前来采访的他拒之门外的事。

周六下午,他下定决心,从东野分局给少年A家人的新居打了电话。

少年A的母亲十分礼貌地接起突如其来的电话。

被问到当天采访时那座白房子里面的情形时,电话彼端的山崎突然语塞。而母亲听说那晚少年A的哥哥曾到家附近看过,也十分震惊。

"顺便问一下,哥哥现在在家吗?"

"不在。不过您为什么……"

"我想把那晚捡到的棒球帽还回去。还有,如果他本人不介意的话我还想和他聊聊。"

"这样啊……"

母亲似乎有些犹豫,山崎清晰地听到她的呼吸声。

"明白了。干生现在在东野中央图书馆,等他到家后我会转告他的。"

"啊,不用了。图书馆就在我们大厦对面,我直接去门口等他。等他学习完之后再见面,只花十分钟左右,不会打搅他的。

可以吗？"

"嗯……"

被山崎的气势所慑，母亲似乎含糊地首肯了。

山崎挂了电话，立刻来到地下停车场，从车里取出科罗拉多州立大学的帽子，继而去东野中央图书馆门口的花坛处坐下。他盯着自动门看了一小时，终于那个少年和一个比少年还高的带点假小子气的少女一起出现在玻璃门的另一侧。

少年看到戴着棒球帽的山崎，露出非常惊讶的表情。

"你好。我是不是打扰了你们约会啊？"

少女用看外星人的眼光瞪了一眼山崎。

"这是什么人啊……拜拜了，阿土，周一见。"

她说完便走掉了。

山崎摘下帽子，说道："好像惹她生气了。原来你的外号是'阿土'啊。那女孩是女朋友吗？"

少年接过递来的帽子和名片，连忙摇头说道："不，不是的。"

"不过，你能回到梦见山中学，还真有勇气啊。"

少年低着头，说道："因为去哪儿都一样。"

"我不是为了要写新闻报道才和你聊天的。今后可不可以偶尔见个面说说话？"

少年默然点头，紧跟着说道："那个……当记者的人，就算不写报道,也是要掌握各种消息的,对吧?"

"嗯……虽然到不了警察和家庭法院那种地步,不过也会掌握一定程度的信息。你有什么想要知道的吗?"

山崎和少年肩并肩向停放自行车的地方走去。

"我还不太清楚自己有什么想要知道的呢。另外,和枝为什么会做出那种事,我也完全不明白。"

山崎被少年的话语冲击得心中一动。

"也许没有理由也没有动机,只是想这么做就这么做了。但就算这样,我也想给自己一个交代,去接受'什么动机都没有'这个结论。"

"这样啊……"

"对弟弟来说也是,我觉得没有人陪在他旁边理解他是不行的。也许把杀人犯当作理解对象很奇怪,但那家伙是我弟弟啊。"

少年站在阴暗的自行车停车场,缓缓说道。

两人大概站着谈了有十分钟,少年便向山崎告辞,骑上山地车走了。望着少年消失在市政厅大道车流中的背影,山崎想,我也按照自己的方式去调查吧。

调查已经破获的案件,正是新闻记者的拿手好戏。

❖

  星期一的早会后，在等待第一节课上课的期间，八住春纪来到我的座位旁，把一沓像电话本那么厚的复印纸放到桌子上。

  "这个是星期日剩下的部分，我帮你复印了。还没和长泽说呢吧，今晚的补习班我和他一起，我去帮你说可以吧？"

  我还没来得及点头道谢，她就回到自己的座位上去了。还是这么雷厉风行啊。大家都一副"他们两个干什么呢"的好奇表情，但春纪完全不在乎。

  那天从学校回家后，我开始一点点地阅读收集来的资料。尽管有些东西太难了读不懂，但我还是一心一意地去读。关于和枝，很多人写了很多的东西。但是后山事件的主因还是可以归纳出几个。

  首先，是归咎于和枝天生的特质——这种说法貌似是最多的——爱好恐怖电影啊，流行的快乐杀人啊什么的。也有从以我父母为首的家庭环境上找原因的，貌似幸福的家庭实则支离破碎，就像电视剧上的那种故事。另外，还有归咎于学校、应试等教育环境的。这方面的议论范围十分广泛，甚至扩展到了战后的整个教育体制。我还看到了以新区、家庭核心化等环境和时代背景来进行说明的报道。然后还有把这个与神户地震、奥姆真理教的恐怖行动等相提并论，把日本整体系统的崩溃当作原因的。这算得上是这么重大的事件吗？反正我是完全领会不了。还有其他的原因，太多了实在写不完。

一去读这些东西脑子就混乱了。就算是一个人写的东西也经常会发散到各个方面，根本没有植物这样清晰明了的特征。想来，大家对这件事的看法，还没人仔细分过类呢。

比如以植物来说，鬼蓟属于菊科，紫斑风铃草是桔梗科，都是一目了然的。但是，有些人先是标榜自己的育儿经验，然后又表达对援助交际的义愤，并指责最近的年轻母亲们对孩子那种附带条件的爱，这样的文章到底属于哪一类呢？

还有个问题是命名。很多观点没有像植物这样明确的命名，只是加了个耸人听闻但并不正确的标题，就这么被放出来了。哪怕起个只有我自己能理解的名字也成，总之需要把这些观点意见加以区分命名。植物的学名可以很容易就起出来。可能因为是拉丁语所以看起来挺难，但我们生物部的顾问老师说，拉丁语就是欧洲的汉字。因此，说起来等于是两个汉字组成的名字，就可以把成千上万的植物种类全部命名。

发明拉丁语双名法的就是我所尊敬的林耐。两个词的组合相当简单。先是用一个名词，然后再接一个形容词。Dianthus macranthus，意思是开着很大花朵的瞿麦；Chrysanthemum nipponicum，意思是日本的菊，也就是滨菊。于是我像林耐那样把报道内容一个个地取了名字，以形容词和名词构成具有我个人风格的双名法。刚才那个女评论家的文章我称为"自我满足的·情感至上主义";之前说的某个大学教授那篇环境荷尔蒙的观点,我称为"生化学的·扩大解释"。

这么做之后,我对研究报道开始入迷了。自己一边命名一边读,比起单纯的阅读,可以多获取十倍以上的信息。为什么在学校上课就做不到这样呢?真是太不可思议了。

那晚九点多的时候来了一个电话,去接的人是妈妈。

"是班长长泽打来的哦。"

我接过听筒,里面传来长泽纤细而又冷静的声音。

"喂,阿土,我从八住同学那里听说了。现在我们两个在补习班旁边的便利店,你能过来吗?"

我问清楚了地点,那地方我知道,是梦见山中学旁的7-11,骑自行车过去的话用不上十分钟。

"我马上过去。"

我和家里说去借明天上课必须要用的笔记,然后出了门。为什么晚上从家出来的时候,我的心情会这么激动呢?

❖

便利店的停车场被明亮的灯光照着,长泽和八住春纪站在那儿。但那里不只有他俩,还有一个棕色头发的高中生,地上还坐着一个其他初中的小混混。旁边停着几辆降低了车高的紫色和黑色的汽车。

春纪望着我的脸，说道："从刚才开始，那个小混混就一直鬼鬼祟祟地看着我俩。我们换个地方吧。"

我和长泽虽然赞同，却没有别的地方可去。初中生真是不方便啊，一过晚上九点就没有可说话的地方了。新区里一家饮品店和家庭餐馆都没有。三人出了停车场，随意走着。

我说道："对了，我想起来个地方。晚上不会有人来哦。"

"哪儿？"

"后山。"

"喂，阿土，你也太恶趣味了吧。"

长泽说完，春纪起劲地回道："挺好呀。后山就在旁边，而且又不是去案发现场。"

"对啊，现在有棵树正在开花，我想带你们两个去看看。"

长泽一副无可奈何的样子，说道："知道啦。阿土，是什么植物的花？"

"香樟树。"

于是我们三人登山去看香樟树。山毛榉林中，一棵巨大的树耸立在空地上。我给他们两人带路。那棵香樟树从远处看就像一个喷向夜空的绿色喷泉。深绿的叶子和浅绿的花，浓淡相映，十分漂亮。富有光泽的叶片一枚一枚地反射着月光，光润美丽。樟脑清爽的香气被风吹拂过来，混入我们的气息中。

"呼……好厉害。夜里的时候看，真有压迫感啊。"

春纪用手掌敲敲直径近两米的树干，说道。长泽则感慨地眺望着眼前新区广阔的街灯。

"的确是个好地方。不过阿土，你说要调查那个事件，是真的吗？"

"是真的。也不是想证明凶手除了和枝另有其人，或者和枝无罪什么的。只是想知道他为什么会做出那样的事。只要能了解哪怕一点点，弟弟回来时我也许能做些什么吧，我不自量力地这样认为。"

春纪坐在地上蜿蜒的树根上，背靠着树干，说道："我总觉得这所学校让人不爽。特别是老师和学生们在事件发生后那种无视的做法。"

"这么说他们的话，他们也很可怜的。毕竟要是没发生这件事的话，一切还是会一直风平浪静的。"

我说完，便看到长泽在草地上坐下，用手抓住后面的杂草。

"我也同意八住的话。总觉得在这个学校里感觉很不爽。喂，'环形监狱'这词听说过吗？"

春纪和我摇摇头。

"环形监狱是意大利人想出的监狱建筑模式。在中央放一个监视塔，然后牢房呈环形围在四周。像不像什么东西？"

"知道了！像我们的主楼和教学楼对吧？"

长泽点头示意春纪答对了。

"是的。我不管什么建设大臣的奖，总之学校的构造可以让中央在最小的视野范围完成对学生的监视。'也许一直都在被人盯着'，一这么想，大家顿时都觉得自己变得渺小了吧。"

"这样啊！而且只有主楼和教学楼之间有走廊。"

我说完，长泽又说道："嗯。而且五个教学楼之间也没有横向的通路，只与中央主楼连接着，让我们在生活态度、成绩、文化活动……所有方面通通展开激烈的竞争。所以我们学校没有小混混，成绩也好，在梦见山PTA中间的评价也高。因为学校在管理学生上做得十分周密。"

这是我第一次看到长泽说话如此慷慨激昂。之前只见过他在周会上冷静地主持议事的样子。

"那我们该怎么做？"春纪有些焦急地问道。

"什么办法也没有。我们都还只是初中生，只能忍受这三年。"

"我们真的什么都做不了吗？"

"倒是有每个人作为个体能做的事。虽然再说下去话题就有点太私人了，我其实……"

长泽说到这儿，沉默了。话音一中断，夜风和绿色的香气立刻把我们淹没。

"不过啊，忍过初中三年，忍过高中三年，大学稍微玩一玩，工作后再一直忍受到退休。然后，终点到底会有些什么呢？结果，我的人生就在忍耐中过完了。"

春纪叹了一口气，我也深有同感。而且我还有个做下那种事的弟弟。忍耐，忍耐，然后不知何时终点就来临了。人生，就是这么一回事吗？难道就没有哪些时刻非常闪亮，像仲夏的热风吹拂过全身那样，把一切都一笑置之吗？我嚼着草叶，这样想着。

之后话题就变成了谈论"在终点都有些什么"了。死了之后会变成什么样，出生之前都在做些什么，时间究竟是什么……围绕着生命与死亡、灵魂与宇宙，我们像傻瓜一样说着这些宏大的话题。其实也没说什么会让大家觉得耳目一新的话，但不知为何我们三个人就是聊得特别开心。这大概还是我第一次和学校的同学这样聊天呢。平时在学校只有那些浮于表面不痛不痒的话才算是酷和帅。于是我们三个趁势决定每周一、三、五三天，补习班结束后在香樟树下聚会。

"我觉得自己现在好像怎样都无所谓了，好舒服啊！"头顶上传来春纪的声音。

那时我们分散着躺在地上，仰望夜空聊着天。青草的香气、微弱的星光，还有近在身边和自己一样烦恼着的同龄伙伴。真是个美好的夜晚。

过了一阵之后，我们唱着流行歌曲，下了后山。

❖

然而，发生的不可能尽是好事。从那时开始，学校里出现了对我的恶作剧骚扰。刚开始的时候这些骚扰非常微妙，几乎察觉不到。

早晨，我把山地车停在扶梯广场旁边的停车处后去上学，傍晚回来发现车胎瘪了。我以为是爆胎了或是气门芯松了，然而检查一番后发现都没有问题，用打气管打完气后就可以正常骑。看来只可能是有人把车胎的气放了。

对自行车动的手脚渐渐升级。有人拿针刺破车胎，开了个肉眼看不见的小孔儿。打上气后大概能骑三十分钟左右，然后立刻又瘪了。晚上在停车处用气筒给车打气，成了我每日必做的功课。反正就算修好也马上会再被戳破的。

鞋柜中时常会被放入没写明寄信人的信，家里也会有电话打来。它们的内容都一样："别来上学了！""杀人犯的哥哥！""你怎么不代她去死！"诸如此类。这些人都太没有想象力了，说的话也大同小异。虽说如此，这些事情还是令我十分烦心。

我在学校表现得很开朗。从我决定回到梦见山中学开始，就做好了遇到烦心事的心理准备。如果转学到其他学校，相应地对和枝的田野调查也会难上许多。我们班上还是一样，对事件完全无视。好像哪怕稍微提一下都是在浪费时间。我猜那些恶意信件中有一些就是这个班的学生的手笔吧，不过还没有人当面说要我退学。

田野调查的工作慢慢推进着。我去和枝加入会员的那家录像出租店借了一些恐怖电影，一边看一边记笔记。这个工作还挺痛苦的。勉强自己看根本不感兴趣的电影，和在学校学习是一样的。跟春纪说了这事儿后，她说恐怖题材的东西她几乎都看过。

"享受恐怖电影的关键，就是把它们全都当作是为了好玩和赚钱做的。这样的话，看到血夸张地汩汩冒出来，真是特别搞笑。"

也许的确如此。但我觉得这跟和枝观看的方式有点不一样吧。能这样惨绝人寰地把人杀掉，和枝看恐怖电影绝不会是一边吃着爆米花一边捧腹大笑的类型。好像为了寻找什么很重要的东西一样，他一向都是非常认真地去看。头被砍下来，肚子被撕开，手齐腕断掉飞出去这样的镜头，他像是把这些当作描写人另一侧面的宝贵真相，死命地看着。虽然不知道为什么，但这个平凡的生之世界，对和枝而言或许就是这么无聊。

周四放学后，我们三人去了图书室。梦见山的图书室，占了主楼的整个四楼。在环形房间的中央是借书处和电梯，还有把四周全围住的淡蓝色红外线反射玻璃窗。从窗户看出去，呈星形环绕主楼的五个教学楼和梦见山后山的森林尽收眼底。今年是干梅雨,窗玻璃给晴空更添一层蓝色。

这天正轮到二年级五班当值,图书委员春纪和值班员打了招呼之后立刻走进借书柜台。借书的学生排好队后,她帮忙把学生证和书封底的条形码放在读卡器上。趁着间隙,春纪用柜台上的另一台电脑检索和枝的借书记录。

"你来看看,从四月到五月两个月,就有将近三十本。你弟弟真爱读书。"

春纪说完,把液晶屏转过来给我们看,五班的图书委员跟着看过来。

春纪说道:"千石同学,保密哦,我们只是想调查点东西。阿土,这个给你打印出来就行了吧?长泽,拜托了。"

长泽拿着磁卡来到打印复印两用机前,把磁卡插了进去。二十七本书的书名立刻在A4纸上打了出来。

"这样吧,反正方便,我就把去年以来读过那些书的人的名单顺便调出来吧。"

春纪再次操作键盘,两分钟后又打出了两页纸,上面满满印着借过这本书的学生姓名和班级以及借出时间。

长泽看了说道:"很简单嘛。对了,阿土,这次使用打印机的名目是什么?"

"就写检索植物图鉴吧。"

在梦见山中学使用所有的器械都必须在使用后申报。如果不这样的话，用空闲的彩色复印机打印上个几千张，就算是预算充足的研究开发指定校也会破产的。另外，学校内部几百台联网的电脑都可以自由使用。

"好吧。"长泽听我顺嘴说完，又问道，"接下来呢？"

"自由写作！和枝自由写作的文章，也可以顺便打出来吧？"

"啊，可以的。阿土动作比较慢，还是我来做吧。"

长泽来到摆在书名检索室里的阅览室电脑前，超级熟练地快速操作着鼠标。屏幕画面几乎一刻不停地切换着，马上就联上了梦见山中学的主页。初始画面是建在梦见山山顶的校舍，用蜡笔画的图十分可爱。上书几个大字："欢迎来到梦网！"

图片下面五个并列的指示条就是自由写作的链接。

这次的主页是古风活版印刷机的蚀刻画，上面的标语是佛勒内的名言："把印刷机带进学校。"

长泽的手指敲着键盘，打出"kazushi mimura"（三村和枝）搜索弟弟的文章。

清单窗口立刻跳出，上面却只有一行字。

"欸？该有七篇才对啊……"

我一时有些纳闷。

长泽调出这仅存的一篇，说道："怕是夜之王子搞得校方全删掉了吧。那我打印了哦。"

文章篇幅占了A4纸的三分之二左右，题目是：

《真正的我，在哪里？》

很有和枝风格的题目。我想回家后再好好读，便把四张打印纸放进了书包。

※

少年A的母亲被登上写真周刊，是在六月的第三个星期。上面拍的是她在超市打工时撑开塑料袋把菜装进袋子里的身影。照片是藏在东野市一家超市的厨房弹簧门后拍的，脸上加了方形的墨条挡住眼睛。

案件告破二十几天了，山崎的生活恢复到往常那样。

这时，他正向前探出身体，倚着分局的桌子，翻开写真周刊，读着书页右侧的标题：

《少年A的母亲，为生活所苦正在拼命打工！》

报道上说，少年A的父母为了孩子们的将来，从形式上离婚了，目前正在分居。父亲住公司的单身宿舍，母亲带着剩下的两个孩子住东野市郊的一栋公寓楼。公寓的租金，加上梦见山西南地区那家独门独栋住宅的贷款，令他们不堪重负。虽未决定是庭外和解还是进行民事起诉，但向受害者家属支付巨额赔偿金是逃不了的，家计必然会很艰难。报道的作者用嘲讽的笔调写道，对不知世事艰难的母亲来说，这是个体验金钱来之不易的良机。作者还认真采访了地产公司。目前经济不景气，梦见山这样的地方城市地价下跌。尤其是在发生这个事件后，卖掉独门独栋房子能得到的钱大概也不到原价的四分之一。

页面角落上死去的女孩身穿失踪前向日葵花纹连衣裙微笑着的照片和少年A妹妹在煮牛肉广告中满嘴食物的照片（眼睛处挡了墨条儿）一如既往地并排刊登着。这是无论在哪个周刊上都被当作双胞胎一样同时登载的一组照片。这里的图片说明是："悲哀！要好的两人，一个在天国，一个在地狱。"

山崎把写真周刊扔在桌子上。这只是商业行为罢了，和其他所有让他恼火的东西一样，他告诉自己这都是当今日本正在盛行的商业行为。尽管如此，读完那个报道后恶心的余味还是无法消散。

坐在沙发上的分局长津野叫山崎过去，见他在对面坐下之后，说道："后山事件要出单行本专刊了。这么重大的事件，读者们也想知道更具体的事实吧。凑总局下周会召开第一次会议，你也去吧。"

"是。"

"少年A哥哥那边怎么样？还有联系吗？"

"嗯……不过那孩子话相当少，不容易采访，目前还没得到什么重要信息。"

山崎说了假话。实际上，在少年家庭正在承受舆论的非议时，他一点报道都不想写。那个暴雨夜在少年老家旁看到少年出现的事，山崎也一直没有声张。"记者也有'不写'这个选择。"他想起了大泽的话。

津野看着山崎，一脸不可思议的表情："昨天，审判似乎开始了。"

"是的，十九日下午在家庭法院召开了第一次审判。总局好像对那边说了采访的事，不过和往常一样是非公开审判。只是进行了人定质问[1]，告知了违法事实，一小时左右就结束了。"

"不管怎么说，月底判决结果都该下来了。单行本那方面，似乎是要把判决结果作为最后一章加上去紧急发行。这样的话还真是'预备，跑'啊。"

"您的意思是？"

"出后山事件单行本的不只我们一家，据说全国四大报社全都要发，我们不要做得太差吧。如果显得采访能力差得太多的话，负责人会被撤掉的。嗯，辛苦你了，代表我们分局给我好好加油吧。还有，山崎……"

分局长突然顿住，望向窗外。

"什么事？"

---

[1] 法官认定被告人是否确系本人而质问其姓名、住所、年龄等。

"看事物的距离非常重要。不管是太近,还是太远,都会变得看不清楚。要重视自己聚焦的距离。"

这是说报道还是说采访对象呢?无论说哪个都是很微妙的建议。山崎被内心的迷惘冲击,一时答不上话,只是坐在沙发上轻轻低下了头。须臾,山崎离开了分局,开始进行下午的采访。出门前,他看到津野像往常那样打开了其他报社的社会版。依然是不变的独家新闻之战。

本该解决的事件,之后还会与自己有什么程度的关联呢?该与那个少年保持多远的距离才好呢?

这是他作为记者不得不回答的问题。不能依赖上司、前辈或同事,那少年的事情他只能独立思考。这种感觉,山崎在三年的记者生涯中还是第一次体会到。

拿着打印出来的东西回到家,我立刻去那个四张榻榻米的房间中开始阅读。公寓中六张榻榻米的房间是瑞叶和妈妈的,中间只用拉门隔开,所以看恐怖电影必须戴耳机。对这局促的环境,我一直不大习惯。

和枝借过的二十七本书中,除了几本推理小说和灵异小说,基本上都是艰涩的哲学、心理学,还有关于杀人的历史和战争史的书。从四月三日开学十天后的四月第三周起，到五月末被带去警署，他在七周内借了二十七本书。一周近四本，阅读速度非常惊人。这家伙每周都会有一两天不去学校，大概就是用来读这些书吧。

然后，我又读了和枝仅存的一篇自由写作。

真正的我，在哪里？

不管是在家里还是在学校，我都无法感到自己是自己。我感觉自己只是一个外表为十三岁的人类躯壳，内里充斥着脏水和气泡。外面的一切都被吸进了这堆填充物，没有传达给我自己。

只有专注于喜欢的电影、书籍和音乐之时，我才有重获身体之感。我一度以为这种空虚的感受只我一人才有，哪知M学长亦然。

光是这样，就让我觉得能上这所中学真是太好了。M学长在学校的事情上指点了我很多，就像我的亲哥哥一样。

但是我还是觉得不可思议。就算知道别人同样空虚，自身的空虚总归是无法消失。孤独的人遇见孤独的人，结果一加一还是等于一。

> 真正的我，究竟在哪里？去掉总是站在一旁冷笑着的空虚的我，真正的我在梦见山中学又能做出什么"真实"的行为？我等待着能够做到的那一天，同时注意着在此期间不要弄破那层垫子外柔软的皮囊。

这是一篇极具和枝风格的文章。我不认为这是病态的，无论是谁都有过感到空虚的时候。但比起迟钝的我，大概敏感的和枝感受的方式要强烈很多。也许他的痛苦过于强烈，心都裂开了呢。这么说来，我应该感谢自己的迟钝吧。

然后，我大略地扫了下最后两张纸。剩下的是去年一年中借出过这些书的学生名单。

江户川乱步之类的人气非常高，有二十几个人借过。不过绝大多数的书借过的人不到三人。

我浏览了借阅名单后，发现了一件很奇怪的事。

和枝借过的书，之前肯定有人读过。其中就有二年级五班的松浦慎吾，那个传说中的高材生。二十七本书中，有二十五本松浦都曾读过。名单中也有其他人反复出现，但顶多也就是五本。这究竟意味着什么？松浦把图书馆的书都读过了？

比如弗兰克的《夜与雾》、尼采的《查拉图斯特拉如是说》、内田百闲的《东京烧尽》这三本书，两年间只有松浦和和枝两人借过。也许和枝接受过松浦的阅读指导吧。唉，怎么尽是些搞不懂的事。

只有一点可以肯定，松浦与和枝具有相同的阅读取向。再就是，松浦（matsuura）名字的首字母缩写是M。我决定明晚去香樟树聚会时跟长泽和春纪好好谈谈这事。

❖

次日一早，我打开第三教学楼的鞋柜，里面放了一本写真周刊。我把它拿出来，一个别针别在中间的一页上。翻开后，发现是妈妈在超市打工的照片。但让人觉得难受的不是这个，而是瑞叶照片的脸部被用红色记号笔涂满了。也没留下任何字条。

如果是那些潦草地写着威胁字眼的信，我早都不在乎了。但这本写真周刊让我有些害怕。我不由得去检查室内鞋中是否有玻璃碴儿和图钉。嗯，没有。目前为止，还没有直接危及我的具体威胁。我把写真周刊扔在鞋柜旁的垃圾篓中，走向了二楼的教室。

长泽和春纪在学校并没有显出和我特别亲近的举动，完全和以前一样。我与春纪每天只打一次招呼。而长泽对待我，给人的感觉就是作为班长照顾班上的问题生。不过在学校发餐时，负责配餐的春纪与排队领餐的我和长泽之间有时会交换眼神。

这是只有我们三人拥有的共同秘密，而大家一无所知，这种感觉总让我觉得心痒难耐。

晚上九点，我们在便利店的停车场集合。阴云密布的夜空中看不见星星。我们登上后山，在比夜空还暗的香樟树荫里坐下。我想，解决完和枝的问题后，这个聚会要是还能一直继续下去就好了。

我说完和枝借书名单的事后，一直沉默倾听的春纪说道："二十七分之二十五吗？当作偶然来看的确次数过多了。松浦与你弟弟之间应该有什么关系吧。另外，自由写作也很可疑呢。"

"不过，如果不看看松浦的书单还是不能确定的。也许只是偶然。按警察的话说，这叫作'间接证据'。"不愧是长泽，还是很冷静的。

"这样吧，我下周一之前见松浦一面，和他直接聊聊。如果是偶然的话那就算了。但如果松浦真与和枝关系好的话，我就问问他和枝的事。"我说道。

"那我去查一下松浦的借书单。"春纪说道。

长泽露出一副很奇怪的表情。

"怎么了？"我问道。

他一副很难启齿的样子，说道："在教学楼间的竞争中，第五教学楼一直是遥遥领先的，这个阿土也知道吧？但是在第五教学楼里流传着一个奇怪的传闻。据说，如果迟到了或是落了东西，班长会让其他学生教训那个人。传闻是不是真的我不知道，但五教的综合成绩真是好得诡异，很多人都觉得可疑。"

春纪在草地上翻了个身,说道:"哇,好恶心。我不在五教真是太好了。的确,那儿团结得不同寻常啊。说起来,下周就是期末考试前最后一星期呢。压力真大。"

梦见山中学期末考试前一周,社团和文化活动全部停止。放学后会让我们马上回家复习考试,在学校上学期间也是一片考前的紧张氛围。

我说道:"下周的聚会怎么办?你们两个很忙吧?"

"我倒还好。长泽呢?"

"我也没关系啊。补习班后在这里说上三十分钟与考试完全无关的话,我觉得对心理健康有好处。"

长泽说完,仰头看着香樟树。

伸向夜空的香樟树树冠直径有二十米左右。我们像是被黑色的云一下子罩住,感觉被绝对安全地守护着。向下望去,新区的街灯被方方正正地分割成方格状,在脚下闪烁。

这灯光是秩序、竞争和无声的嫉妒。本该是很美的街灯,看起来却十分冷淡漠然。

❖

周日放学后我又去迫然寺女孩的墓前献了自制的野花。这次的花是大月见草,生长在顺梦见山流下的小溪边。与金棒草相似的顶端生着十几片柠檬黄的花瓣，相当华丽。把五枝扎在一起，就是一捧很漂亮的花束了。我确认里面还没人来之后，就进了寺里。在墓碑前双手合十的时候，也认为没人看到自己。

背包里装了外宿一天用的行李，我把它放在自行车上，向爸爸的公司骑去。爸爸每周末都一定会来一次新家，偶尔也会邀请我去他那里进行一些男人间的谈话。我还是第一次听到父亲对我说这种话，有点惊讶。

我在穿过水田的国道，顺着靠海那侧骑了五千米后，看到了父亲公司那个绵延了几百米的水泥院墙。

我来到保安面前，说道："您好。"

"您好。请问要去哪个部门？"

保安的制服帽子下露出半白的头发，样子有点上了年纪。

"我找研究所的三村，我是他的长子。"

保安的脸上闪过惊讶的表情。在近处看来，就像他脸中央撞上了什么东西，然后那个冲击又迅速向四周扩散开去。

"这样啊，真辛苦你了。可以通过了。"

被放行了。

"对了……把这个也带过去吧。"

说完那人打开桌子的抽屉，从里面取出了一样东西交给我。入手的触感柔软湿润，是用报纸包起来的豆大福。我收下东西，道了谢。人们对事件的反应确实是不好的方面居多，但也有像那个新闻记者和这个保安叔叔这样的好人。如果不提及这些人是不公平的，好人还是有的。不过说这些也并非是因为想要依赖他们，请求他们帮助，或者让他们为自己做些什么。

穿过如体育馆一样壮观的厂房，我停下自行车，朝位于最里面的研究所走去。因为经济不景气，而且还是星期六，只有很少的机器还在工作。我走向研究所旁的三层建筑，也就是单身公寓。爸爸说，公寓就建在研究所旁边，这样通宵工作后能立刻回去补眠。

爸爸的房间在三楼最里面，他一个人住着五坪大的双人间。我敲了敲门进去，爸爸正躺在床上读着摄影杂志。然后我们漫无目的地聊了一些学校和瑞叶的事，都是些无关痛痒的话。

晚饭是在一楼食堂吃的。爸爸才喝了一瓶啤酒脸就变得通红。洗澡的时候，虽然浴池很大，但不知为啥我们俩都特别不好意思，最后是各自分开洗的。所以，关上灯，分别在屋子两侧的床上躺下之后，我们才好好说上话。我和爸爸的对话从来都是这么绕圈子，但是所谓的父子不就是这么回事吗？

爸爸望着黑暗的天花板，随口对我说道："听说你最近看了很多恐怖片录像？"

"妈妈说的？"

"算是吧。"

"别担心，这只是为了了解和枝的感受而做的田野调查。我觉得如果能多理解一点他的心情，在那个家伙回来后或许会有些帮助吧。"

"这样啊。干生也考虑了很多呢。你妈和我说，你决定继续用三村这个姓。"

"是啊。逃避也不是办法嘛。和枝是我弟弟这件事，这辈子也改变不了。"

"对啊……"爸爸有些佩服地感叹一番，又道，"听说你最近经常夜里外出。"

"妈妈说得还真多啊。和爸爸明说吧，我其实就是和长泽他们见面聊天而已。就算是初中生，也还是有很多话不方便在学校说的。这还是我第一次有种在中学交到朋友的感觉。没什么可担心的啦。"

见面地点，以及还有一个女性成员加入的事，我都没说。不过我也没撒谎。

"是这样啊，那就没事了。这次这事儿可真头疼。爸爸要是不老是工作工作的，多花些时间陪陪和枝和你们，和你们说说话，就不会发生这种事了吧。爸爸是一家之主，责任最大。一想到这些，我晚上就睡不着。"

"如果是我们家庭的错，那全日本像和枝这样的孩子得有上百万了。也许有我们家庭的原因，但应该不仅仅因为这个。"

这是我通读了报纸杂志上的报道、分类命名之后的结论。这事件不是由家庭、时代、环境、个人心理中某个具有决定性作用的因素引发的。然而这样一说，人所做的一切事，包括决定晚饭配菜吃什么这种事，就都变成各种复杂情况综合作用的结果了。但我认为，在所有情况都出示了绿灯之后，还是有什么决定性的力量在和枝背后推了一把。

"喂，干生。"一阵沉默之后，爸爸说道，"说实在的，和枝的事这辈子都会成为你的负担。学校就不说了，以后工作、结婚……都要付出比别人多好多倍的努力。将来，你有什么想做的事吗？"

我被问住了。想做的事虽然有，但现在都还和浮云一样没边儿呢。没办法，只好扯些别的争取下时间。

"爸爸找工作的时候怎么办的？"

"嗯……我当时的想法是很明确的。学生时代起我就很喜欢数学和化学这些科目，所以硕士毕业后自然而然就进入了这家公司的研究所。求职时还走了教授的关系，没怎么费劲儿。"

"现在工作得开心吗？满足吗？"

爸爸没有立刻回答。我能听见风吹过工厂三角房顶的声音。

"干生，工作只有好坏之分，快乐的工作是没有的哦。我有一个一起进入研究所的学生时代的朋友，分别属于不同的部门。当时公司里正在为黑白液晶显示屏彩色化互相竞争，大概是我进公司两三年的时候吧。我们组有个很优秀的人，碰巧就赢了。在竞争中输了两次的他，现在在工厂生产线上做维护。液晶屏、文字处理机、硬盘、手机的主板……产品总是在不停地变化，要记下来很不容易。当然，也不是说维护这工作不好，但在学生时代那家伙要比爸爸优秀得多。到现在我还是觉得很遗憾，明明还有更能发挥他能力的岗位的……工作上讲不出道理的事儿太多了。"

这还是第一次听到父亲说这样的话。他回家之后基本上很少说工作上的事。

"继续说嘛，我还想听爸爸工作上的事儿。"

"不无聊吗？"

"很有意思啊。"

我倒不是对爸爸的工作感兴趣，而是对爸爸很有兴趣。

"爸爸从事的与只要有纸和铅笔就能工作的理论物理不同，并不是大众想象中去解开世界和宇宙之谜那样华丽的事，而只是埋头研究，把能对现实生活起作用的关键技术实用化，就像是科学这个'施工现场'中的体力劳动。就拿现在的超薄型离子电池的研究来说吧，为了把它付诸应用，要组合几百种试验材料，必须一个个地试验哪个能最好地通过离子而成本又低。工作任务和加班都很多，平时想见家人一面都难。"

"但是这能让大家的生活更方便啊。"

"嗯，也可以这样说吧。但我最近也在想，把笔记本电脑的厚度从三厘米减到一点五厘米，变成流行的超薄型多卖出去一点，这真有什么实际用处吗？有必要为这个连家庭都要牺牲吗？

哎，干生，你选了个不会变的东西，拿来当终身事业也挺好的。不是技术革新、流行什么的……反正我觉得日本进入了一个重视恒定不变的东西的时代。也许这只是爸爸乐观的预测吧。"

我表示赞同，开始说起植物的话题，同时也把当自然保护官或植物园的管理员的愿望和爸爸说了。能从事这种工作的人数是极有限的，就算同样是搞植物研究，对我来说成为父亲那样的研究者，从几百种植物中寻找药理作用、研制新药似乎也不太可能。

"这样就可以了。尽力加油吧！至少绿色又不会过时。"

已经过了深夜，我们互道晚安。像这样和爸爸聊天是第一次。明早吃早饭见到对方一定会难为情的。但我想也不只是我们一家这样吧。日本的家庭基本上大家都不正面碰撞，只是互相揣测对方的想法，就这样共同生活。考虑对方的感情，为了不伤害对方，重要的事就这么悄悄放过去了。

像我家这种已经破碎的家庭，在这点上也没什么不同。这种体贴家人的生活方式也没什么不好，我甚至还觉得相当不错。但问题是，有时会觉得只是这样有些不满足。至于到底缺了什么，从家庭内部看是无法明白的。

❖

星期一，因为一周后的期末考试近在眼前，梦见山中学的气氛完全为之一变。大家就像害怕被谁算计一样瑟缩起来。早上打招呼的声音都变小了，视线也会马上错到一边去。虽然我这么说别人，其实自己也跟他们差不多。我自暴自弃地觉得这次考试肯定不行了。之前休学了很久，最近又忙着和枝的事。但是，这毕竟是我决定的事，所以倒不后悔，只是为了和爸爸说过的那些目标，不好好学习不行。在当今社会上，像牧野富太郎博士这样不上大学直接当植物学者的路是行不通的。

下午的课马上就要开始了，午休还剩十分钟时，春纪小跑着进了教室。长泽正在给我进行山一样多的期末辅导。很少见地，春纪直接走到我们这边来和我们说话了。

春纪的声音很小，却十分紧张。

"喂，我真是吓了一跳。和枝的借书清单被人从电脑里删除了！"

我和长泽对视了一眼，问道："什么意思？"

"我把松浦的清单调出来之后，顺便也想把和枝的也调出来一下自己留着备用，但是竟然空了。这几天中有人把和枝的借书清单删掉了，另外还有这个。"

说完春纪递给我几张A4纸，又递给长泽一枚塑料卡。那些A4纸每张上排了三十本书的书名。八张纸中三分之一左右都排得满满的。

"好可怕的阅读量啊。"长泽惊叹道。

春纪答道："是啊。一年零三个月就读了二百本以上。的确跟你弟弟颇有重合，但从松浦的借书清单来看则完全是偶然。虽然读了相同的书，和枝读的却只是他读的十分之一。"

比起这个，我更在意和枝的借书清单被删除的事。

"那个单子很容易删除吗？"

"必须要返回数据库一本一本删除，还挺麻烦的。我们去看的时候是周四吧，所以一定是有人在周五或周六的哪天动了电脑。是不是很厉害？"

春纪一副很兴奋的样子，我倒是觉得很吓人。好像我们在被谁监视着一样，被一个想把和枝事件永远埋藏的人。

"怎么办，阿土？"

"好吧，我还是今天放学后找松浦谈谈吧。"

❖

第六节课下课后，我把换下的室内便鞋拎在手上，立刻朝五教走去。我们约好晚上在香樟树下集合，我把谈话的结果报告给长泽和春纪。

登上与我们教学楼构造完全一样的楼梯，我来到二年级五班。在构造完全相同的建筑物里看到完全不同的同学感觉非常奇妙，自己仿佛成了梦见山中学这台巨大的机器里的一个零部件。我在五班教室的后门叫住一个女孩，请她帮我叫一下松浦。教室里视线都集中在我身上，让我特别难为情。在走廊等了一阵儿后，拎着黑色皮包的松浦过来了。他穿着白衬衫，配着深绿色的夏季毛衫。

"是三班的三村吗？梦见山植物分布图，做得非常出色啊。现在正好要回家，我们边走边聊好吗？"

他夸奖了我春假时的自主研究。松浦大概是一直在室内剑道场进行社团活动的缘故，虽然身材结实，个子很高，但皮肤却非常白皙。从白皙的脸上能看到更为洁白的牙齿，让我想起电视上看到的年轻时代的加山雄三[1]。仿佛夏日地平线上的云朵，清爽耀眼。

我们并肩走在走廊上。只是走在一起，我就忍不住非常骄傲。会这样感觉，一方面是因为松浦向周围散发着强大的气场，另一方面也因为周围学生投向我们的视线以及跟我们打的招呼都是我从未体验过的。在第三教学楼，大家打招呼都很随意，回家也是松松散散各走各的；第五教学楼则不一样，回家前一定要打招呼道别。

松浦对所有与我们擦身而过的学生都微笑地打招呼，并趁着间隙说道："对你弟弟的事情我感到很遗憾。我是和枝的指导生。第五教学楼的传统是一年级的新生每个人都有个二年级的学生指导，你听说过吗？"

---

[1] 日本演员，活跃于二十世纪六十年代。

第一次听说。和枝在家里几乎从来不提学校的事。

"没。那个'指导'都是做些什么事情呢？是推荐一些好书什么的吗？"

"哦，是推荐过几本书。"松浦脱下室内便鞋换上皮鞋，爽快地承认了，"不过这也许不是什么好事啊。"

"为什么这么说？"

"读书不是好事，在我家是禁止的。"

我们横穿过校园，走向大门。和以往一样，松浦和第五教学楼的学生碰到后，都会礼貌地打招呼。

"真难以想象。我经常被家长念叨'植物图鉴之外的书你好歹也看点啊'。喊，他们明明自己也不看书的。"

"是吗？我家基本上是禁止读书的。特别是娱乐性强的，尤其禁止。小说之类的绝对不行。他们说小说尽是些吊儿郎当的人随便写的东西，读了会变笨的。"

"是你爸爸这么说的吗？"

松浦的爸爸在梦见山警署当署长，出席过和枝被带走辅导那天的五分钟记者见面会，在新区是个名人。

"是的。所以我都是偷偷地读。尽管是大家随便写的东西，但这些'随便'的不同之处也很有意思。"

我们来到了梦见山扶梯的入口。穿过玻璃砖大门，我们被沿山而建的玻璃管道吞没。扶梯中热得闷死人。

最后，我说道："其实我现在正在调查弟弟的事。倒不是说真凶另有其人什么的，只是有些异想天开地想多了解下和枝的心理。如果还有不明白的事，可以再和你聊聊吗？"

"随时可以啊。"

松浦笑了。下午的阳光把玻璃墙壁染成金色，他背靠墙壁，笑容仿佛要把人吸进去。只要把这个光滑的脸颊给我，我就满足了，我羡慕地想。

在扶梯下面告别后，我目送着松浦的背影，一个人走向停车处。真是的，又得打气了。我正想从车架上取下打气筒，突然注意到了什么。

三道刺眼的线条出现在山地车的车座上，是被铰刀还是小刀竖着划出的三道平行线。合成皮革的表面完全裂开了，下面的泡沫塑料被割得完全翻卷了过来。又搞出新花招了啊，我心道。但我还是太天真了。

因为从那天开始，欺负我的恶作剧变本加厉，越来越过分了。

那晚香樟下的聚会上，我们一直在谈松浦的事。春纪说松浦很可疑，长泽却说怀疑他的理由太不充分了。

"如果有谁删了清单的话，除了松浦想不到别人啊。而且那天值班的还是以团结出名的五班的人。"春纪追问道。

长泽答道："就算删除清单是松浦做的，也没有什么问题吧。如果是我的话，若是留下了什么东西能把自己的名字和后山事件联系起来，那么就算没根据恐怕也会去删掉的。"

我打断两人的话，说道："不管是哪种情况，判断的依据都太少了。不过，根据我和他直接谈话的感觉判断，松浦完全没有问题。总之，做下这件事的人是和枝这是肯定的。松浦到底又能做什么呢？"

春纪靠着香樟的树干，说道："思想上的靠山之类的。"

长泽惊道："《沉默的羔羊》[1]！"

"是的。汉尼拔·莱克特博士好帅吧！"

这部片子是和枝喜欢的电影之一。故事讲的是具有天才头脑的杀人博士，教给FBI新人搜查官破获连环变态杀人案的关键。作为代价，他瞅准看守形势松懈下来的间隙成功越狱。我除了坏人的脸孔之外什么都没记住。对我来说，莱克特博士如同地震、癌症、夺命的飞刀一样，代表着纯粹的邪恶，不需要任何理由。

"但那是电影啊。像那样一切尽在掌握、进行幕后操纵什么的，现实中不可能做到吧。"

我对长泽的看法表示赞同，说道："是啊，我们才十四岁啊。

---

[1] 1991年美国出品的电影。

初中生不可能成为那么完美的反派。"

春纪说道："也许吧。但邪恶和年龄有关吗？我听了大家的话后，觉得松浦在学校里实在是能干得过分了。那种什么都能做好的人，一定在什么地方有着阴暗面吧。比如说患有严重的双重人格之类的。"

这话让长泽微微抽动一下，罕见地情感外露，激动地叫道："双重人格又有什么不行的？"

春纪讶然望向长泽，说道："我不是在说谁不好啊，因为我自己也是双重人格。我呢，每天晚上如果不想很多很色的事情，就睡不着。"

突如其来的话，让我和长泽惊呆了。

春纪在草地上翻了个身，转向一边，口中说道："我觉得当女人好无趣啊，要是男的就好了。在教室里能毫无顾忌地说荤段子，如果痒的话哪怕是在电视上也能挠小弟弟。我好想在电视上看哪个女明星边挠穿着牛仔裤的大腿边说：'好像……小妹妹有点痒……'而且是没被消音的那种，大家听完了会像傻瓜一样笑起来。"

只一句话，就像地雷一样把我们炸飞了。

我和长泽全僵在那里，一动也不能动，好久之后才终于想起来喘气。果然，春纪不是一般人啊。但是在春纪爽朗的声音里，似乎闷着一些悲伤的憧憬。

"'小弟弟'这话就是明快、调皮的，说出来大家可以一起笑；而'小妹妹'却是阴暗、湿乎乎、大家必须死命藏起来的隐秘东西。为什么会是这样呢？难道不奇怪吗？明明是同样的东西，我才不想那么憋屈。做女人，真是太没劲了。"

她低语完，有些哽咽地长长呼出口气。

我不知道她是不是在哭，但此时分明看到长泽白衬衫的衣袖在黑暗中抖动。

他纤细的声音都颤抖了。

"春纪真有勇气啊……我这样的人就完全不行。之前就一直想着要说的，但直到今天也没能说出来。"

长泽的样子很奇怪。

我劝道："不用勉强自己说什么也可以啊。长泽又不是夜之王子。"

长泽微微一哼，笑道："不是这个。不过，周三晚上我会说清楚的，今晚是不行的了。"

他说完便翻身，倒在了草地上，仰望着香樟树。

须臾，他又说道："这样，我就可以像是第一次和大家见面一样，能够毫无隐瞒地说出来了。"

班长那冰冷清亮的声音混着樟脑的香气，消失在黑夜中。

❖

周二、周三，针对我的骚扰还在继续，像是有人把对日渐临近期末考试的焦躁转而发泄到了我的身上。

我还是第一次亲身体验到往室内便鞋里放刀片之类的老套手法。在桌子上放上布满霉菌的面包和从网上下载下来的和枝的照片。在网上和枝也好瑞叶也好我也好，三村一家都是名人了。脸部无遮挡的照片想要多少就能找到多少。在我们的社会里，消费者的需求比什么都重要。

我只是忍耐着。班上同学就像对后山事件一样，对针对我的这些欺负把戏也完全视而不见。春纪和小道虽然想在周会上提出这个问题，但我说："千万别这么做，饶了我吧。"长泽也同意我的看法。美佐子老师虽然说过"欺负同学是可耻的，不许再做这样的事"云云，但也只能说说罢了。正在搞这些的人也清楚地知道这一点，却依然乐在其中地搞着这些把戏。结果什么都没有改变，只有我在周会时越来越待不下去了。

雨过天晴的周三晚上，我在香樟树下等着。春纪一个人先来了，说是长泽让她先过来。

那天的天气在今年的梅雨季中很少见，一直到傍晚细雨还在下。我们从便利店买来了塑料布，铺在地上坐在上面。夜风吹过，几百滴水珠从香樟树的叶尖簌簌落下，凉凉的，很舒服。水滴在敲击地上的杂草之前，一直圆润地映出街灯的样子。小小的灯光溅落飞散时，散发出骤雨初降似的水声。

十五分钟之后，摇曳的白色身影出现在林中空地上。那个人走过来的步伐十分僵硬，像是要上刑场一样。圆领的白色罩衫，配上及膝的白色裙子，脚上光脚穿着白色女士凉拖。发型是齐颈短发，似乎还化了淡淡的妆。白皙的脸颊比纯白的罩衫还要白。

这是长泽。稍微有些紧绷的腮部被假发的内卷挡住，下巴锐利的线条凸显出来，加上本来就很水灵的大眼睛，长泽看起来相当漂亮。

"春纪、阿土，我也是双重人格。该不该穿这身过来，我纠结得要死。"

长泽在我们面前站住，低下头。我挤了挤，把塑料布的一头空出来，长泽并拢膝盖坐下。

凝望着眼前的街灯，他慢慢开始说道：

"你们都知道我们家是开诊所的吧，有儿科和内科。虽然家中一共有三个孩子，但上面两个都是女孩。对她们两个，家里都任其自由发展，一个在设计专门院校，一个在音乐大学附属中学。尽管我不是老大，但因为是男孩，所以不得不继承家业。我倒是不讨厌学习，也觉得做医生没什么不好的。我明白这个工作对人们具有非常重要的作用。但是，从小时候起我就一直特别羡慕上面的两个姐姐。"

长泽说完，抻了抻裙子的皱褶，看起来完全就像是女孩的作派。

　　"然后大概是小学六年级吧，我在家里没人时拿出姐姐的衣服穿着玩，裙子、毛衫什么的，还有……衬裙什么的……"

　　春纪"呼"地吹了口气，我捅了捅她的肋间。

　　"我玩得特别开心，反反复复在镜子前换着衣服。想着再这样下去肯定不行，至少不能让家人知道，但是完全停不下来。从那以后过了三年，我也渐渐了解了自己适合怎样的打扮和妆容。现在，每月两次打扮成女孩去原宿买女孩的衣服是我唯一的乐趣。零用钱不多，买不起太贵的，但仅仅是买到一千日元左右可爱的二手衣服就会让我感到无比幸福了。阿土、春纪，我是个变态。"

　　说完长泽舒展开并起的膝盖，手撑在身后抬头望着香樟的树枝。他白皙的喉结轻颤着，我知道他的眼里盈满了泪水。

　　春纪说道："喂，长泽，自慰的时候你想的是男人还是女人？"

　　不愧是春纪，真是直中要害！你太帅了，收我做你的小弟吧。

　　"一般来说不会先问这个吧。好吧，我直说了。我想的仍然是女孩子。不过，就算是与广末凉子在原宿约会，我也会穿着裙子去。"

　　"那种时候会吃奶油薄饼吗？"我插了一句。

长泽微微一笑，说道："大概会吧。"

春纪似乎有些恼怒，说道："长泽才不是变态！只不过就是喜欢把漂亮的东西打扮成漂亮的样子，偶尔自己乐在其中罢了。这只是个人兴趣，才不变态呢。我也是，每月有那么一两次，就想和人做爱，随便和谁都行。但是我也不是变态！这种事很正常吧。明明就没有碍着任何人，用'变态'这样的话来刺伤自己很奇怪啊。"

"那啥，春纪你是处女吗？"我怯怯地问。

春纪说道："你真失礼啊，阿土。对女孩子家不要问这种事啦。要是在学校和女生这么说，一直到毕业你都会被全体女生孤立的哦。"

只有在这种时候才会打出女生牌，春纪真是太狡猾了。当然，我选择闭口不言了，因为我不可能赢过春纪的。

长泽笑道："不过真是太好了。我还以为这辈子都不会和别人说这件事呢，总觉得这事一旦拆穿，我就完蛋了。你们两个对我这么宽容，我不由觉得肩上一阵轻松。"

"就是啊。这么想来春纪总是穿着牛仔裤，就像一直扮男装一样嘛。"

我刚说完便被春纪在肩上揍了一拳，却半点不疼。三人齐声笑了。我想声音其实也是有光芒的吧。在笑声回响的时候，我仿佛都能看出香樟树下比梦见山森林稍稍明亮了一些。

这里被我们笑声产生的微光照亮。

◆

那晚之后,长泽心情好的时候就会穿女装来参加香樟树下的聚会。春纪也会连连说着"小妹妹"而爽快大笑。开始时我和长泽还觉得特别不好意思,但很快就习惯了,毕竟只是一个词罢了。

阴损的欺负把戏断断续续地持续着,六月的最后一周来了。马上就要期末考试了。今年的期末考试定在六月三十日和七月一日、二日三天。到了这种关键时刻,我也不得不放下对和枝的田野调查,进行考前复习。

期末考试第一天早上,下着若有若无的细雨。我即使骑着车,也没有雨水打在身上的感觉。不过蹬了五分钟后,就感到T恤潮乎乎地贴在身上了。

我来到教室后用毛巾擦了擦脑袋。虽然很不舒服,但淋湿的T恤也只能那样穿着了。第一科要考社会,我拿出笔记翻着。三权分立、主权在民、地方分权……民主主义永远都不会完成,而只是一种不断进步的体制。除此之外,还有很多其他题目。

考试开始前十分钟,每个教室里的翻书声都停止了,仿佛时间只在梦见山中学静止了一样,一片奇妙的寂静包围了这里。

开始前三分钟,考试卷被倒扣着摆在四百张桌子的中央,大家都拼命地想从试卷的背面读出什么。

开始前一分钟，老师瞅瞅腕上的表，四百只手伸向桌上的铅笔。

这时，那件事发生了。

十五间教室全都从房间后方传来了监视器电源开启的蜂鸣声，每间教室都设置了两台在梦见山中学内联网的电脑。

已经启动的显示器还是一片黑暗，各教室相继骚动起来。

最初，画面上映出的是和枝的脸。就是从那张远足照片中截下的脸部特写。然后这张照片与案件现场死在黑暗工具屋里的女孩的照片重合在一起，然后又放了瑞叶的广告照片。接下来出现的是我爸爸妈妈的照片和新家的地址与电话号码。再接下来是我的照片，上面还写着班级和名字。那是我读初一时的照片。干涩的皮肤比现在还糟糕，眼神还很凶恶，简直就像少年A是我一样。最后，以动画的形式放出夜之王子的签名，黑色背景的画面上血红的字体溶化瓦解。这个结束后，漫画一样的照片展示又从头开始一遍。

整个学校爆发出学生们的叫喊，连我所在的第三教学楼也是一片喧哗，我简直都能感到教室在摇动。一楼也好三楼也好，全都猛烈地骚动起来。

我呆坐在座位上，望着显示器，不知道一切都是因为什么。竟然有人恨我恨到这种地步，让我十分震惊。

电脑被强制关闭。大骚乱持续了五分钟左右便停止了。然而，每个教室都失去了老师的身影，考试延迟了一小时。

刚开始答题时，即使读着问题我也基本上没法去想它的意思。那种影像在全校面前播出之后，关于民主主义，我没力气再去积极思考了。

※

未成年人审判的特征之一就是具有迅速性。六月十日后山事件从凑儿童咨询所移送至凑家庭法院，十九日第一次开庭，进行了人定质问，宣告了违法事实之后就结束了。二十三日第二次开庭审理。陪同辩护律师提出"由虚假笔迹鉴定得出的少年A供词不能成立"，申请把县警方提供的少年A供词笔录从女童被杀案中排除。虽然法官爽快地同意了，但从审判的进行上来看这也并非是对少年A多么有利的举动。家庭调查官做了一份内容几乎完全相同的新供词笔录。证物也提交了很多。把供词笔录堆起来的话都快接近少年A的身高了。

下面的第三次开庭，少年A的父母出席了，从幼儿期开始详细地叙述了A的生活状况。在二十六日进行的第三次审判中，凑家庭法院完成了所有证据调查工作。

然后六月三十日召开了后山女童被杀案的终审——第四次

审判。家庭法院的判决是把少年A送至儿童自立支援机构进行辅导治疗。

七月二日，接受了处罚的少年A从凑少年鉴别所被移送到常陆县北部的一家机构。关于少年A辅导治疗的时长却没有说明。

少年法二十二条第二项中这样记载道："审判不公开刑期。"

少年法的精神在后山女童被杀案中被严格遵守，四次审判全部都是不公开的。

在此期间，山崎尽管从凑总局的大植那里得到了少年A审判的消息，但非公开原则的墙壁太厚了。审判内容的细节基本上不甚明了，信息全都不过是从少年A陪伴护理人和调查官那里泄露出的一点点碰头情报而已。

梅雨期短暂的晴天中，短短几天最高气温就超过了三十五摄氏度。少年A从位于太平洋沿岸的常陆县儿童自立支援机构，被用面包车送到了常陆北家庭学校。据说少年A乘坐的车子两边跟着许多租赁车、摩托之类的媒体报道车，上空还盘旋着几架直升机。

然而车窗被厚厚的黑色窗帘挡上，一张能拍到少年A身影的报道照片都没有。

第三章　人偶操纵者

❖

不管是谁设下的"网络炸弹",其结果之有效简直该授予这人一个奖状。之所以这么说,是因为这件事把学校最薄弱的地方——考试,漂亮地炸飞了。

当然期末考试的第二天、第三天什么事都没发生,平静地过去了。因为各个教室的电脑电源都被拔掉了,所以至少在显示器上不会再有什么问题了。就我来说,确实由于那段影像而受到巨大的冲击,特别是在全校学生面前播放这点。不过,这也就是从之前就一直持续的欺负排挤的延续罢了。

虽然学校方面拼命寻找元凶,但做下这些的那人是个信仰型犯罪者,不会因为老师呼吁主动出来承认错误,就会自动站出来的。而且一般中学也完全没有调查计算机犯罪的能力。

滔天波浪在期末考试结束后袭来了。期末考试一结束,PTA的一大群人蜂拥来到学校,向老师们申请集会。而且不巧此时和枝的判决结果刚刚出来,移送他到儿童自立支援机构的面包车在电视新闻上一遍又一遍地播放着。在PTA的集会上，据说围绕着"网络炸弹"引起了巨大的争论。最初在家长中间占优势的是防止此类案件再次发生和进行心灵教育等正确主张。然而一位母亲发言说，自己的女儿在看了那段影像后受到剧烈冲击，哭到崩溃导致她无法继续进行考试。此后整个风向就完全变了。类似的意见不断提出，大意就是诱发这个问题的一方（就是指我与和枝）应当承担责任。犯下杀害女童这种重罪的学生离开重点中学梦见山中学之后，学校还有理由把他的哥哥照旧安置在学校里吗？而且这个少年还是引发电脑事件的元凶，事件的骚动直接影响了学校诸事中最重要的期末考试。

学校方面关于后山事件闭口不谈，对家长们的应对也很懈怠，这更给家长们的愤怒火上浇油。据说作为集会场地的体育馆里怒声四起。孩子们为身为梦见山中学的学生感到羞耻，在亲戚面前对学校的事绝口不提。难道为了保护一个有问题的学生，就要把其他四百名学生置于不顾吗？理所当然地，三年级学生的家长们又提出了必谈的话题：这种事情如果影响了考试，学校该怎样负责？考试可是能左右孩子们一生的生死大事。

里见校长遭到了几乎全体出席者的围攻。其他老师因为害怕PTA的阵势，没有伸出援助之手。之后听美佐子老师说，校长在讲台上自始至终绷着一张脸。虽然觉得又给校长他们添了麻烦很不好意思，但我爱莫能助。

事到如今我也不可能退学了。就算这是梦见山中学大多数学生家长的意见，我也不会服从。虽然我朋友不多，但毕竟还是有的。关于和枝的一些事我也想调查清楚。另外，即使被欺负，我也依然喜欢梦见山这所中学。

❖

周六放学后，我又去了第五教学楼，朝二年级五班的教室走去。

大概是"网络炸弹"的缘故，走在走廊上的学生们似乎都故意把目光错开了。

我往五班的教室里面瞅瞅，松浦不在。期末考试结束后，社团活动又重新开始，他也许在参加剑道部的练习。不过找了一下发现有朋友在，是和我同在生物部的森田源人。森田擅长研究昆虫，我经常用自己在梦见山田野工作中抓到的虫子来交换森田的干花和野草的种子。这都是和枝出事以前的事了，现在想来恍如隔世。

在别的班级不好大声说话，我还是让附近的同学帮我叫下。戴着眼镜、小个子的森田来到走廊。他身穿黑白色的宽大平格条纹布尖领衬衫，配上白色棉布裤子。虽然打扮得挺时尚，但总觉得有点呆呆的。比起在教室，感觉他更适合穿着短裤在森林中拿着捕虫网。

"呀,阿土,好久不见。还不回来参加社团活动吗?"

自从和枝事件之后,社团活动那儿我就一直请假了。

"嗯,再过一阵儿吧。"

"期末的时候可真够你受的。"

"都习惯了。比起这个,我倒是有些话想问你,是关于你们班班长松浦的事……"

"啊,等下!"森田说完便看看四周,发现教室里有几个学生正望向我们这边,又飞快地说道,"在这里不方便说话。我去拿下书包,我们换个地方吧。"

我和准备回家的森田来到第五教学楼后面,进入了梦见山的山毛榉林中。奇怪的是,梦见山中学的学生们宁可在校园里玩或是摆弄电脑,也不大愿去林子里。可能因为森林里有点可怕的缘故吧。我们在山毛榉白色的树干中穿梭散步。今年梅雨季虽然不怎么下雨,但阴天很多,大概因为日照时间很少,森林中还到处残留着清澈的新绿。

"阿土,松浦的事儿我其实不太想说。"

"为什么?"

"第五教学楼的事只有这里的人才知道。就算现在,如果和阿土说话太久,之后大概会被人盘问到底和你说了什么。"

森田好像很害怕的样子。

"无论说什么都是个人自由吧。第五教学楼不这样吗？"

"不这样啊，看说话对象吧。希望你听了别太难受，阿土是第五教学楼的重点注意对象哦。"

"这种事是谁决定的？"

"指导部。班长、风纪委员之类的指导部成员，松浦就是他们的核心。在第五教学楼要是说了松浦的坏话，就别想在梦见山中学混下去了。指导部的方针大家无法违抗。你知道每次考试第五教学楼的成绩都是第一吧，那是因为每个年级的指导部一同协作，在考前给大家发应考报告。如果反对指导部，成绩就会下降，在教学楼里还会被从一年级到三年级的全体学生孤立，连招呼都没人跟你打。"

尽管在同一所学校，我竟然对此一无所知。

"这话不能对别人说，去年我们班上不是有人闹自杀吗？那个大迫同学死前几个月一直被列为重点注意对象。"

林子中的气温仿佛一下子降了下来，我感到一阵寒意。

"所以阿土还是不要和松浦扯上关系为好。而且他还是老师们的宠儿。我觉得松浦很可怕，有时他的眼睛就像黑曜石一样。"

这时，一只蓝色的蝴蝶摇摇晃晃地飞过眼前的林中小道。根据角度的不同，看起来既闪耀着矿物般的蓝，又像天鹅绒似的黑。

"是平绿灰蝶！这些昆虫总在我没带网子的时候飞过来啊，

真是的。"森田很遗憾地说道。

我不禁把这美丽的蝴蝶和松浦重合起来。那清爽的笑容下面，究竟是怎样的颜色？也许，不只是长泽，大家都有双重人格的地方。

如果不这样的话，在现在的日本，是做不好中学生的。

但是，松浦的外在形象实在太过完美，所以我对他里面的真容就更加在意起来。

❖

假期结束后的星期一，午休时我又去了第五教学楼。我不喜欢放弃。虽然被第五教学楼的学生彻底排斥，但我也没有气馁。反正我自知是问题学生。那天我准备去一年级五班，想同和弟弟关系要好的人聊一聊。也许大家会感到有些不可思议，但哪怕是杀过人的初中生，也还是有朋友的。

不过在一楼准备走向五班教室的时候，我被一群学生堵在了那里。那五个人中我看见了松浦。这就是指导部吧。

"三村，有什么事吗？"松浦问道，和以往一样笑容清爽。

"我想找和枝的朋友稍微聊聊。"

"啊？"一个女生惊道，"都是你弟弟那件事，搞得学校人心惶惶。事到如今还想来陌生的班级捣乱，太不懂事了！"

一时之间，我无言以对。

这个女生说得没错。

"就算是人家不愿意，我总可以去问问本人吧。我又不是要强迫人家说，只是聊聊罢了。这是和枝的朋友和我之间的问题，跟第五教学楼的指导部没有关系。"

结果，其他四人对我的反驳怒不可遏。

松浦制止了他们，对我说道："不好意思，这样说是不行的哦。在五教，一年级的指导由二年级负责。指导部会议上决定禁止三村进入第五教学楼。今后请你别再来了好吗？你也知道我们学校是尊重学生自治的吧。我们向第五教学楼的老师转达了这个意思，PTA方面也给予了很多支持。"

"但是，为什么要这样？突然这么决定，很奇怪啊。"

松浦的脸上浮现出对我很是同情的表情，说道："抱歉。但是，一句话，第五教学楼决定忘记后山事件，不想和它再有任何瓜葛。希望你能理解。"

"倘若我强行硬闯呢？"

刚才的那个女生刻意挤出假笑，真是一点都不可爱。

只听那女生说道："会被强行驱逐哦。"

"松浦，先不说第五教学楼的其他学生，如果我有话跟松浦说，怎么办呢？"

指导部四人的视线集中在松浦身上。

他又是那副爽朗的笑容,说道:"我随时奉陪,不过要在我们学校外面。"

于是,我离开了第五教学楼。虽然很不甘心,但是没有办法。谈话结束后指导部的后面结成了人墙,他们准备用最简单的办法立刻了结事情。而我也觉得与其被扔出去,还是主动离开为好。

❖

然后,那个星期二终于来了。如果能的话,我好想把那一天的记忆彻底消除。那一天,某个憎恨我的人,开始把矛头对准了我身边的人。

那天早晨我像往常一样从主楼前通过,在走向第三教学楼的时候,发现很多学生停在公告栏前,一片骚动。我从那个事件后就患上了人群恐惧症,于是转开视线准备绕过去。然而,当我走过去时骚动随之停止,重返安静,大家都默默地转头看着我。公告栏前站着的几个学生闪向两边,让我看到上面贴着什么。

首先映入我眼帘的是写得超级大的标题——

《男同性恋、女同性恋与杀人犯哥哥的约会!》

这是用电脑打印出来放大的墙报。上面贴着巨幅照片,是我与春纪和长泽从后山下来时的情形。

春纪一身牛仔服，我穿着T恤和棉布裤子，长泽穿着木菊小花的小T恤和不及膝的短裙。只有长泽还被补加了一张照片，照的是通过街灯下时的脸部特写。眉毛与嘴唇照得十分清晰，一下就能认出是他。照片下面还明明白白地登了我们三人的班级和名字：二年级三班班长·长泽静，二年级三班图书委员·八住春纪，二年级三班王子的哥哥·三村千生。

一阵风吹过，落在大家脚边的传单似的纸片在空中飞舞。我完全不记得之后是怎么走到三教鞋柜前的。

我打开柜门取鞋，一捆东西掉了下来，散落脚边。那是山一样多的传单，不看标题都知道内容——

《男同性恋、女同性恋与杀人犯哥哥的约会！》

眼前一片黑暗，我一阵阵作呕。某些人竟可以对他人残忍到如此地步……

我现在已经可以这样冷静思考了，但当时完全做不到。

也许是觉得受害人太过可怜看不下去，也许只是遵从自己的良心。不管怎么说，他们都用这种事伤害了支持着孤零零的我的春纪和长泽。

我从来没有为自己被排挤和欺负而流过眼泪，但此时我再也忍不住了。为我两个真正的朋友，为我们三人，也为我们那些香樟树下的美好夜晚，我哭了。

我跪了下去，哭着把传单收拾起来。这期间三班的学生们换了鞋，从我身旁经过走向教室。

装作什么都没发生，还真是大家的拿手好戏啊。

❖

我在洗面池洗了脸，来到早间的教室。我没有抬眼，其他学生倒还好，但我害怕看到春纪和长泽。可是，逃避是不成的。我把包放在自己桌子上，看向靠窗的最前排，长泽穿着制服的后背直直地挺着，动也不动，非常僵硬。我磨磨蹭蹭地来到他的桌前。

长泽看到了我，微微一笑。血色尽失的脸，白得就像刚刚剥了包装的橡皮。这种脸色我只见过一次，就是某个暴风雨的周六，被带去警署前和枝的脸色，像是生命力完全被抽掉了一般。

"阿土，我们被算计了呢。"长泽小声嘟囔道。

"都怪我，对不起。"泪水浸湿了我的眼眶。

长泽就像我在京都寺庙里见到的古佛像一样微笑着。那座寺庙好像是叫兴福寺来着？

"没事。我喜欢女装又不是阿土的错。"

透过窗户能看到老师们把公告栏上的贴纸揭了下来，似乎在和学生们说让他们回各自的教学楼去。三三两两散去的学生，大约半数手中握着那张传单，就像握着一把把白色的小刀。

"春纪来了？"长泽问我。

"好像还没。"

"这样啊，太好了，至少可以不用看那个公告栏了。我说，阿土……"

"什么？"

"我明天晚上一定还会去香樟树下。"

长泽用他纤细的声音说道。血色尽失的脸上只有眼睛闪着红色的光芒。这样的长泽我还是第一次看到。我突然有些不安起来。他这么紧绷是不行的，强行撑着只会折断。我虽然这样想，然而什么都说不出来。小道在旁边的座位上一脸担心地看着我们。

教室后面吵吵嚷嚷的，那些到公告栏去的学生都回来了。以长谷部卓为首的傻瓜三人组也都在里面。卓把手中的传单贴在后面墙壁的白板上。

"果然，我们班站在流行的尖端呢。"

下面爆发出一片笑声。

成濑这个白痴趁势说道："因为班长是个视觉系啊。"

又是一阵笑声。这时小道自己摇着轮椅，穿过一排排桌子来到教室后面。橡胶车轮在复合地板上发出吱吱的声响。

"让开！"

这不是平时小道开玩笑似的声音。聚在白板前的学生们分开一条路，他从轮椅上伸出手，扯下传单，立刻撕成四片。

"你干什么啊，高羽！"

卓这样说道，不过看出小道是认真的，他又闭嘴了。

回到座位后，小道对我点点头："阿土现在对谁都不能出手吧？因为不知道会因为什么理由就被学校开除。"

"对不起，小道。"这个早晨我一直都在道歉。

不过就算是这种日子，课还是照常开始。"维持原样，一切照旧"对学校来说就是最高方针，没有办法。

❖

春纪在快要上课前赶到教室，整整一天都一脸怒火中烧的样子，也没和我们说话。不过午休时发生了这样的事。

不知你们还记不记得之前说过的"紫阳花事件"中的石上满里奈，我们班的第一美少女。她在教室里和那些追捧者闲聊。其中木筑美由纪是娇小可爱型的，南江美利则是个喜欢名牌的大妈型的。起初我没怎么听清，她们似乎在说着化妆的问题。

"你们不觉得修眉特别难吗？"

"是啊是啊。"

"但是长泽很拿手啊，还有那个小T恤也很可爱。"

"那美利让长泽帮忙修下眉不就行了？"

开心的笑声响了起来。这也可以理解。对无关的人来说那就是个滑稽有趣的笑话。

这时,一声拍桌子的声音骤然响起。

只见春纪站了起来,叫道:"闭嘴,你们这些小妹妹都烂掉的臭娘们儿!你们完全不明白长泽的心情!"

像是一颗炸弹在教室中爆炸。就像之前那个香樟树下的夜晚,大家都被春纪的话惊呆了。不光是满里奈她们,男生们也都陷入了沉默。

完全是春纪式的一击。

我立刻环顾教室,确定长泽没在。

比起痛快出气的感觉,长泽不在教室这点更让我松了口气。

七月八日周三晚上香樟树下的聚会,长泽穿着梦见山中学的制服来了,没有化妆。春纪一如既往地穿着牛仔。

因为那个传单事件的影响,气氛不由得有些沉闷。只有春纪一个人在那里生气。

"真是的!太不甘心了。老师们只是在反复说'以后不许做这种事,到底是谁做的自己站出来'……真有让他们停手的意思吗?这可是侵犯人权啊,都到了可以报给警察或其他什么相关部门的程度了。"

传单事件和之前的"网络炸弹"一样，都在学校内部处理了。到底是谁做的也一点都没有能查清楚的迹象，只是在几十分钟的周会上开了个讲座讲欺负同学是多么卑劣的行为。

春纪躺倒在潮湿的草地上，说："现在做这件事的人肯定在大笑呢吧。我认为第五教学楼的学生绝对可疑。整人手法变得严重，也是在阿土找过松浦之后吧？另外那个借书清单也被删除了。"

然后长泽开口了。只要他肯说话我就非常安心了，因为这两天在学校他几乎都没怎么说话。

"不管是谁做的，一个人是做不来的。复印了那么多传单，还在校内网络上放了整人影像。我们家还不知道传单的事。犯人是谁倒还在其次，我更担心我父母那边。"

我对他们两人说了五班的自杀事件。包括那个少年在自杀前几个月被列为了重点注意对象之类的。这事很令人消沉。

长泽说道："我知道那个孩子。我们一起上过课后补习班。是叫大迫广明吧？稍微有点胖，是市郊那座大寺庙家的孩子。"

"那座寺庙叫什么？"

"我记得叫'迫然寺'。"

正是我每周偷偷去参拜墓碑的那家寺院。

春纪讶然问道："阿土，怎么了？"

"如果是那家寺庙，我大概能设法调查一下自杀事件。和枝的事先不说，单用这个事件也能抓住他们的把柄好好反击一下。"

然后我们决定在学校装作互不理睬、老实反省的样子。和整人的元凶一样，我们在私下里行动就够了。

之后，整人把戏依然没有停止，下一个瞄准的对象是小道。周四午休时小道去了卫生间，正要进残障人士专用隔间时被人袭击了。两个戴着黑色露眼蒙面帽子的人拿走了轮椅。几分钟后，小道只凭着上半身的力气拼命按响了隔间的警报铃，这事在学校中引起了大骚动。那天小道被教体育的本山老师背着，提前回家了。

放学后，轮椅在梦见山森林里被发现，辐条被拧得七扭八歪。我只能束手看着与自己有关的朋友一个个被攻击。请想象一下这会是怎样的心情，然而我的心情比这个还要再严重一百倍。

白天在学校的时候还好，但晚上用被子裹住身体后，我就受不了了。我在脑中无数次地殴打着看不见面孔的对手，刺向他，勒着他的脖子。我杀死了那个黑影，赶尽杀绝连他六十兆细胞的最后一个也不放过。眼睛深处映着的残酷画面，一旦开始播放就无法停下。自己浑身被某人的鲜血浸透并且为此深感幸福。总是在短暂的夏夜结束，天快要亮的时候我才发觉这样想其实很奇怪。

❖

七月十一日是七月的第二个周六，学校放假。遗憾的是天上布满厚厚的云层，看起来马上就要下雨。尽管如此，一吃完午饭我就骑着山地车出了家门。梦见山上的花朵基本上都供奉过了，所以我去别的地方寻找。我四处转悠，在水田中的水渠旁发现了刚刚开放的夏枯草。这是一种不及膝高的矮草，松塔一样的花穗上通体开着很多紫色的花朵。绿色中零散地分布着紫色，非常漂亮，与阴天的灰色搭配得很合适。

这天我很专心。我走进还沾着露水的草丛中，一朵朵地采摘着花朵。等到紫色的花束直径达到三十厘米左右，我拔下水渠内生长的野稗茎，再次代替皮套儿绑在花束的手持部分。野稗和蟋蟀草都是禾本科，所以茎很结实，这种时刻用来非常方便。

走着熟悉的路，我来到迫然寺。把自行车停在正门前，我堂堂正正地通过正门。这次我没有在意是否有别人的气息，像以往一样去死去女孩的墓碑前献上花，双手合十。

这时，身后有人搭话道："你每次都带着花来？"

回头一看是个拿着竹扫帚的女人，她身穿深灰色薄套装，配上灰色中长裙，年纪和我的妈妈差不多。但给我的印象是这个人的生命力流走了。

"你是哪儿的孩子？向井家的人说每周六都有人来献花，拜托我打听一下。"

我无法再隐藏下去了，唯有毅然说道："我是梦见山中学二年级的学生，叫三村干生。我的弟弟就是少年A，对不起。"

一阵沉默，我全身僵硬着，等着下面的话。

"这样啊。这阵子真不容易，你也很难过吧？"

她的话非常温柔，但是没有注入感情。怎么说呢，就像心已经磨损，无法再跳动了一样。这时，大片的墓碑前，雨淅淅沥沥落下的声音响了起来。

"要下雨了呢。进来喝杯茶吧。"这个女人淡然说道，仿佛事不关己。

◆

混凝土建造的正殿约有三层建筑那么高，非常气派。玄关并列着四扇玻璃窗，十分宽敞。我穿过正殿，进入玄关。在泛着黑光的走廊上转了几个弯，来到一个八张榻榻米大小的套间。外廊对面只能看到灰色墓碑的顶部。门楣上挂着三幅带框的照片。其中两张是一个老爷爷和一个老奶奶，而剩下的那张是个与我差不多大的男孩。

这个女人在托盘上盛了牛奶咖啡、很多杏仁巧克力和黄油饼干回到屋里，对抬头看着照片的我说道："那孩子很喜欢吃这些。现在虽然没人吃了，但是在超市一看见，我就总忍不住伸手买下。请多吃点，剩下的就带回家吃吧。"

"多谢了。这是广明喜欢的东西吧？"我抓了块巧克力。

"你认识广明？"

"不，不是直接认识，只是听到过一些奇怪的传言……"

就在此刻，我能看到完全失去的生命力在广明母亲的身上再度燃烧起来，力量重新回到她的眼中。

"告诉我，随便什么事都可以。他有没有被欺负？学校方面发表声明说不负任何责任。我无论如何都不能认同。完全不明白他为什么会自杀，也没留下遗书。但广明不是那种无缘无故就去自杀的孩子啊。"

我说了第五教学楼指导部和重点注意对象的事。也说了我因为和枝的事和广明一样被列为新的靶子。

"真的？果然有隐情。"

"但调查进行得非常困难。第五教学楼的学生们因为害怕指导部的头头都闭口不谈，找不到任何证据。其实就算您没在那里叫住我，我也准备上门找您谈谈的。广明是去年秋天去世的吧？那时有没有什么可疑的事呢？"

"他不喜欢给父母添麻烦，在我们面前一直表现得很坚强。没有什么特别奇怪的举动。"

"他朋友那方面都是怎么样呢？"

"啊，有个经常来家里玩的朋友，班长松浦。就是父亲在梦见山警署做署长的那个。"

我不觉一叹，这里居然也出现了松浦的影子，他到底是个什么样的人啊。

广明的母亲继续说道："松浦和广明一直关系很好。陪广明谈心，休学的时候还会送笔记过来。"

"是这样吗？"

既然对方先说了松浦的事，我就没法说第五教学楼指导部的问题了。现在的气氛让我无法说出，这个少年就是指导部的头头。

"那个，如果可以的话，能不能让我看看广明的房间？"

今天是初次见面，提出这个要求有些唐突吧。我小心翼翼地问道。广明的妈妈沉默着。从宽敞的寺院里传来雨的声音，回去时肯定会淋得一身湿。

"可以啊，请慢慢看吧。我为了寻找他被欺负的证据，每个角落都找过了，但还是什么都没发现。所以不要太期望能找到证据哦。"

"谢谢您。"

❖

　　穿过带屋顶的回廊,我被带到一个独立于主建筑之外的八张榻榻米大的和室。构造就像电影中看到的茶室。一进屋就能看到圆形拉窗和最新的超薄型空调。成套的桌椅像是用黑檀木做的,纹理细密,十分漂亮。椅子上铺着皮革,软软的。靠墙的橱柜上并排摆着遥控赛车和单反照相机,上面有尼康F5的白色商标。还有品位很好的进口立体声音响和超过两百张的CD。桌子旁还立着一辆超小型摩托车。因为他家地方很大,所以没有驾照在家里也能骑。总之就是一间初中男生梦寐以求的房间。

　　我来到桌子旁后,广明的妈妈就出了房间,嘱咐我回去前和她打个招呼。我立刻从桌子附近开始调查。翻开自己去年也用过的教科书时,我不禁感觉有些诡异。书的主人不在人世了。桌子上的小箱子、抽屉和侧面的柜子,我一个个打开检查。笔记和备忘录检查得尤其仔细。但是和阿姨说的一样,我的调查进展得很不顺利。在屋里面找了一个多小时,还是一无所获。

　　最后我把手放在了侧面柜子下的抽屉上。打开之后里面都是迷你四驱车的零件啊,动画片啊,RPG游戏的交换卡啊什么的。我不由得十分怀念。这时我决定放弃搜索。广明的妈妈在这个房间找了几十次了,依然没有收获。我一个外人稍微找这么一下,不可能有什么成果。

尽管如此，我还是把装满了玩具的金属巧克力罐拿了出来，然后瞧见抽屉底下有一捆纸。看起来感觉不像是被藏起来，只是因为不再需要了才堆在那里。虽然想到广明的妈妈应该也看见过这个，但我还是取了出来，不带任何期待地开始读起来。

然后，我找到了。

找到了什么？找到了"夜之王子"！

这是一捆学年文集，褪色的彩色绘画纸封面角上已经起了毛边，几本薄薄的文集用宽宽的橡胶皮套儿扎了起来，封面上用蜡板印着花和飞机的图案，最上面的一本是东野第二小学校四年四班的文集《夏风》。翻开封面，里面是目录，这上面也是整齐地用蜡板刻印的文字。大迫广明的名字列在最开头，一下子就能看见。其他孩子们的名字按顺序依次排在下面，那个名字在倒数第七个——松浦慎吾。原来大迫和松浦在小学中高年级时是同班同学。

然后我就在每本集子中挑出他们二人的作文来读。小学四年级时，松浦的作文就赢得了一致赞誉。大迫的作文则是一般水平。

读完一年份的作文后我终于读到了五年级的文集，封面上的文字写着五年级四班文集《秋日》。这卷文集整理了暑假时的读后感。布置的书籍是圣·埃克苏佩里的《小王子》（日文版译名为《星之王子殿下》）、安妮·弗兰克的《安妮日记》，还有山本周五郎的《SABU》这三本书。

我读着目录，倒数第七个题目跃入眼中——《夜之王子殿下》，这是松浦的读后感。我迅速翻开变黄的日本草纸，极力压抑着胸中的悸动，慢慢地读着松浦的文章。

说起读后感大体上有两种模式。参考书上写的要点很傻瓜，一种是给书的主人公写信，另一种是写假设自己是主人公的话会怎么做。但是松浦的文章不同。《夜之王子殿下》是以另外创作一篇文章的形式来表达读完《小王子》之后感动的心情。这是他十一岁时写下的短篇小说。我想老师们偏爱松浦也不是没有道理，因为他就是全国的老师们在梦中最想要的那种学生。

引用全文太长了，这里只简单介绍一下概要。

> 夜之王子的宇宙飞船发生了故障，他一个人乘着救生艇在黑暗的宇宙中漂流。然后他偏离了航路，到达一个星球。很久以前的核战争，让这个星球的表面熔化，只有滑溜溜的玻璃质的广阔平原一望无际。这是一颗死星。然而，夜之王子用救生艇中维持生命的装置，勉强在这个星球上活了下来。
>
> 春天，朝露布满玻璃平原，闪闪发光；夏天，灼热

的风越过摇荡着的玻璃地平线猛烈地刮到太阳西沉；秋天，玻璃大地充分沐浴着夕阳，不带热度地闪耀着黑红色的光芒；冬天，冻住的玻璃平原收缩摩擦，发出吱吱的悲鸣。一年过去了。一天，夜之王子觉得他已经见到这个玻璃星球上的一切东西了。在这个星球上，没有家人，没有朋友，没有动物，甚至没有植物。只有他这一个生命存在于这广袤的星球上。那天晚上，夜之王子下了一个决心。

不久，他在夜空中发现了另外一艘宇宙飞船。王子冲出平原，把救生艇中仅剩的液体燃料从头上浇下。再用随身携带的小刀在地上刻下求救的记号，然后毫不犹豫地在自己身上点燃火焰。在星球被烧得漆黑的玻璃平原上，他燃烧了自己的身体，赌上性命发出了求救信号，期待能被人发现。但是这道光并没能传到远远路过的宇宙飞船上。豪华的客船中，没有一个人注意到王子的生命之火。

第二天早晨，玻璃星球的玻璃平原上，只剩下一把灰尘和一个记号——"夜之王子曾在这里"。

故事到此结束。我读着读着就哭了出来。我不知道为什么而哭，只觉得自己第一次理解了松浦。作为"夜之王子"生活在这个地球上，换作是我大概也会因为过于痛苦而自杀，或者会做出些更邪恶的事也说不定。

我只想去拯救松浦。和枝的审判已经结束，所以就算发现了真正的夜之王子，治疗处分的结果也不会改变。而且本来就判得非常轻了。只是如果发现共犯的话，我父母也许会安心吧。毕竟对父母来说，错的总是别人家的孩子。只有那么一瞬，我动了算计的念头。

但我还是立刻把它打消了。读完那篇读后感后，实在提不起这个心情。我不想去制裁松浦或是告发他，只是觉得不能让事情就这么过去。对长泽和小道的恶整不能就这么不管。我下定决心不论使用什么手段都要阻止夜之王子的活动。我有这个义务。

因为在这个星球上，只有我一个人发现了松浦的生命之火。我所能做的就是，要么扑灭火救下他，要么就和他一起燃烧殆尽。

◆

我和广明的妈妈说复印完之后一定会在下周六还回来，便借走了文集。广明的妈妈就算读过文集，似乎也没有明白其中的关键所在。为了不让它被雨淋湿，我给文集包上毛巾插进牛仔裤的腰带里，再盖上T恤和防雨斗篷。

这周末少见地两天都下雨，我读了之前还没有碰过的新闻报道的复印件，并进行了分类和命名。这期间我也思考了松浦的事。

松浦与和枝在图书室借书清单上大量重合；松浦是和枝在第五教学楼的指导生；大迫自杀事件前，松浦曾经常出入大迫的家；以他为中心的指导部曾经选择大迫为靶子；"夜之王子"这句话的起源其实就是松浦；最后，我因为找他而去了第五教学楼之后，对我的整人活动开始变得过激……

所有迹象都指向松浦。尽管如此，决定性的证据却还是一个都没有。

松浦的高明之处，看来不仅仅体现在写读后感上啊。

◆

接下来的周一开启了暑假前的最后一周。期末考试的结果出来了，大家对上课都已提不起任何兴趣，为即将到来的暑假而心绪难平。顺便说一下，我的成绩从中上滑到了中下，但我觉得自己干得还不错。

这天，长泽请假了。美佐子老师说是病假，我就没在意。

小道坐着备用轮椅，精神抖擞。他开朗地笑着，说这个轮椅太重了、累死了。

我对小道的坚强刮目相看。不管情况如何，他都能开玩笑，这真是一项了不起的才能。

那晚九点，电话响了。我以为长泽得了感冒不会去那天的聚会，所以就待在家里了。真庆幸妈妈当时在洗澡，因为电话是春纪打来的。

春纪犹如孤注一掷，说道："阿土，能不能出来一下？我在香樟树下等你。"

"出什么事了？"

"就这样，一定要来啊！"

我在洗澡间的磨砂玻璃前象征性地打了个招呼，说道："我稍微出去一下，马上就回来。"

我估计妈妈大概听不到。瑞叶不安地看向这边。从那个事件后，妹妹就变得极度害怕独自一人待着，哪怕在家中也是这样。曾有一次她在玄关前被很多记者抓到，瑞叶以为被问到的问题必须要全部好好回答。直到我从梦见山中学回来，中间过了两个半小时，她都在玄关前稀里糊涂地回答着媒体的问题。那天晚上，她发了高烧。

我对瑞叶露出笑脸，向紧张地看向我的妹妹微笑道："没事的，我马上回来。"

我无声无息地跑下楼梯，骑上自行车奔向后山。远远看去，后山就像一头黑色的野兽蹲踞在明亮的街市中心。

◆

春纪站在香樟树下等我。花期结束，地面上散落着细碎的花瓣，四周有一面能看见薄绿。

春纪似乎很烦躁，在我走近之前就开了口，声音近乎惨叫。

"据说长泽不是得病了，而是自杀未遂！"

"啊？为什么？"

就算被毫不留情地揍了也不会受到这么大的冲击，我惊得差点跌坐到地上。

"补习班老师说的。我们补习班比学校早知道消息。好像他是周日晚上洗澡时割了腕，然后在自己家的诊所接受了急救。听说还一度被送到医院抢救。现在回到家里了。"

"这样啊……"

有那么一阵儿我们两个什么都说不出来。过了七月十日，今年的梅雨季还是没有结束。潮湿沉重的风吹过后山山坡。

"我这里也有件事想和你们说。我知道夜之王子是谁了。"

说着我把文集的复印件递过去。这次轮到春纪惊呼了，她一脸认真地读着文集，我用系着钥匙圈的手电筒给她照明。

"吓我一跳。果然松浦是夜之王子啊。"

"大概就是这样吧。毕竟是三年前的读后感，没人发现也正常。夜之王子的记号在学校、公园等各地出现，正是我们小学五六年级时。最早想到夜之王子记号的，肯定是松浦。大迫自杀之前，松浦好像经常去他家玩。"

"还有图书室的清单。看来不和大人说已经不行了。连长泽都自杀未遂了。这完全就是犯罪了。"

"我会考虑的。但我们现在手上有的，哪个都算不上证据。社会考试的时候不就做过这道题吗？"

"嗯，我记得。有疑则不罚——只是可疑但犯罪事实没被确证的话就不能予以制裁。但松浦别说是可疑了，简直可以说是阴险。那个读后感真是太可怕了。"

我稍稍有点吃惊。那篇读后感让我觉得特别悲伤，但并没有让我觉得松浦很可怕。

"是吗？"

"是啊！因为这是他算计着大人的心理写下的啊。虽说没有孩子不是这样，但如此擅长这个就很恶劣了。"

从大人们的眼光来看，少年A的哥哥的申诉根本不值得相信吧。就算收齐所有证据提交上去，学校大概也什么都不会做，完全指望不了。PTA全体设法让我退学，全然无视那些整人把戏。我父母因为和枝的事已心力交瘁，更指望不上。再说搜查总部也都解散了，警察不会认真处理这件事吧。到底怎么办才好？香樟的花飘落，雨滴一样敲击在草上发出回响。

这时我想起了那个科罗拉多州立大学的棒球帽，和戴着这个帽子坐在图书馆门前花坛上、有着一张高中生似的娃娃脸的新闻记者。

我对春纪说道:"不管怎么办,明天我再去见一下松浦。"

"我也去吧!"

我摇摇头,说道:"我不想让春纪碰到危险。另外还有小道的事,想必对方也已经豁出去了吧。我一个人去没关系的,反正只在学校里面见。"

然后,我们两人下了后山。

明明只是没了一个成员,想不到夜晚的森林竟会变得如此阴暗。

❖

第二天放学后,我站在第五教学楼门前。学生们一边看着我,一边偷偷摸摸议论着什么。五分钟之后,之前和松浦一起的那个指导部的女生来到我面前。

"有什么事?没事的话就回对面去。"

"我找松浦有私事要说。可以转告他我在第五教学楼后面等他吗?还有,希望你能告诉他,我读了读后感。"

这个女生眉头紧锁,一副"你在说什么呢"的表情看着我。唉,让她转告也是没有办法的事情。我转过身,走进第五教学楼后面梦见山的森林。

我一边观察着山毛榉的样子一边等待。可能是雨水少的缘故，树皮和叶子都显得很干燥。过了一会儿，踏着草丛的脚步声越来越近。

松浦穿着白色尖领半袖T恤，还是配着灰色的裤子。他到底有多少条灰裤子啊？

"三村，你也挺缠人的啊。"

"喂，我们班的班长自杀未遂了。"

"这可真不得了。没事了吗？"

"嗯，和去年那事儿不一样，这次他得救了。"

松浦又露出了爽朗的笑容。也许是林子里光线的作用，这次的笑看起来并不明朗。

"那真是太好了。"

"我去了大迫的家哦，在那里找到了东野第二小学的学年文集。松浦的读后感非常精彩。不是开玩笑，我都看哭了。你还记得题目吧？"

"不记得了。"

他的脸色越来越暗。

"大迫的妈妈真心实意地把松浦夸了一通，说你是班上唯一一个对他们家广明好的人。一面对他亲切无比，一面把他列入重点注意对象在背后狠狠欺负，松浦，你感觉如何？让我看看你的真面目嘛。一起思考的话总会有办法的。去警察那儿或是去儿童咨询所我都陪你哦。"

这时，松浦端正的脸庞突然变了。

不单单是变得扭曲或是粗鄙这么简单，就像有一个铜花金龟子似的圆甲虫在光滑的皮肤下飞速转动。一瞬间，他表情不停变换。脸上浮出的血色就像血管要爆掉一样，同时混合着几乎能引发贫血似的青白脸色，在脸上形成斑驳的条纹。

那个曾经是松浦的少年，嘴唇颤抖着，开口了。但声音依然十分冷静。

"你也在收集很多其他的证据吧？"

我突然害怕起来，但绝不能让他看到我的软弱。

"和枝和松浦在学校图书室的借书清单、五年级四班的文集，另外我想五班的学生中也有人能出来作证去年大迫在五教里受到欺负排挤。"

"是森田吗……真是让我大吃一惊啊。说起来有些失礼，但三村的成绩也没多出色，和弟弟和枝比起来更是毫不起眼，我本以为稍微施加点压力就能把你击溃。你实在做得漂亮。比起你弟弟，你来和我搭档怎么样？如果同意的话，我立刻就能让你在第三教学楼随心所欲。"

我摇摇头。这种邀请就像蒲公英的毛毛一样轻飘，丝毫不能打动我。

松浦爽朗的笑容再次回到脸上，说道："如果我不和你去儿童咨询所，会怎么样？"

"我大概会把所有信息交给一个相熟的记者。我想不管是哪个都算不上决定性的证据，可能起不了什么作用，也可能引起轩然大波，让松浦和现在的我一样遭受到不愉快的经历。如果是那样的话，松浦的父母也会知道了吧。"

只有在提到家人的时候，松浦的脸色才又变了，变成红白条纹相间的模样。

"知道啦。让我想想。对我来说这可是非常重大的问题。这周给我足够的时间好好考虑下好吧？"

松浦的眼神空荡荡的，透过我只映着背后的山毛榉林。我沉默地点点头，他也冲我点点头。

我扔下松浦，立刻跑出了梦见山森林，飞快地去往第三教学楼。

不知为何，我害怕得不得了。在回到教室后，我的腿还以肉眼可见的幅度不停地颤抖着。

※

山崎在朝风报社东野分局接起那个电话，是七月十四日星期二的傍晚。似乎是用公用电话打来的。在街道的背景杂音中，一个孩子的声音从电话里传来。

"我想找位叫山崎的记者……那个,我叫三村干生。"

山崎花了好一阵儿才想起来他是后山事件少年A的哥哥,眼前浮现出那个暴雨夜远去的背影和在停车场里小声说着想理解弟弟心情时的侧脸。

他为事件单行本的发刊准备忙得要死,离在图书馆约好要采访那天已经过了四个星期。不过踏入社会开始工作之后,一个月的时间根本就是一晃就过去了。但是对初中生来说,也许会觉得是非常长的一段时间。

"我就是山崎。好久不见,最近还好吗?"

"嗯,还好。那个……我想您一定很忙,但我有些话想和您说可以吗?"

"是知道了什么你弟弟的事吗?"

"我知道真正的夜之王子是谁了。"

少年若无其事的话语把山崎的轻松一扫而光。

他不是随便说瞎话的孩子。平平常常的回复,散发着毫不动摇的信心。

山崎坐直身体,拿出了笔和本,问道:"那么,是谁呢?"

"在电话里没法说。另外,我这里还有一些东西希望你能看一下,明天晚上,可以见一面吗?"

"知道了。地点在哪儿?"

少年说了一个梦见山中学附近便利店的名字。

"明天晚上九点半就在那个停车场,一定要来哦。"

放下听筒,山崎突然被一股奇妙的感觉包围。

当初几百个县警都没有找到的夜之王子真身,竟然被一个十四岁的少年发现了。从常识来讲,完全不可想象。而且他还是少年A的哥哥,很可能出于私情而丧失判断的理性……山崎想到这里就打住了。

到了明晚,一切都会明白了。当初刚进报社的时候不就因为这个被前辈记者们教训得很惨吗?

作为新闻记者,遇事不要带上任何先入为主的预判。

❖

周三,长泽回到了梦见山中学。大家都顾忌他的心情没太找他说话。连我和小道也不禁变得有些拘谨。但长泽还是一如既往,淡然地上着课。遇到老师的问题太难没人举手的情况时,他就会为了让课顺利进行下去而举起右手。他的左手绷带上戴着护具,毫不掩饰地放在桌子上。

我问他要不要紧,他微笑着说道:"具体情况晚上去香樟树下说,我不想在教室里说。"

那天晚上,我没能告诉他们我对松浦先发制人,叫了朝风报社的记者。虽然梅雨季还没有结束，但那天热得如同盛夏。梦见山的森林里花蛾蝉和鸣蝉的叫声，渐渐开始传到教室中。

晚上九点，我们三人久违地又集合在后山香樟树下。长泽穿着男装牛仔裤和黑色的短袖T恤，黑暗的森林中他手腕上白色的护具浮显出来。大家各自依照自己喜欢的状态歇在草地上。

"对不起，让你们担心了。"

我和春纪忙道："这是哪里的话。"

长泽说道："周六早上，医院自动门上贴着那个传单。而且从门缝里塞进几十张传单，散落在等候室的地上。我妈妈是护士，最早发现了这个。周六晚上，家里开了家庭会议，一直讨论是不是教育方式出错了，我会不会真是同性恋这些事。最后，他们在院子里把我三年来收集的衣服全一把火烧了。"

长泽的语调甚是平淡。

"现下回想觉得真是无聊，但当时感觉万念俱灰，周日晚上就在浴缸里割腕了。这应该是一时冲动，我当时满脑子都想着'活着也太无奈了''下手吧'什么的。我知道如果垂直于动脉切出血马上会止住，就平行于动脉狠狠剜下去。我是这么打算的，割了三厘米左右。但是没法简单地死掉呢。作为医生的孩子，我还真是没用啊。"

他看着新区的街灯，微微一笑。我突然觉得长泽好像去了很远的地方。夜之王子也在这里，以自己的生命为代价发出SOS求救信号。这个信号，长泽的家人有没有收到呢？

"没事的，我不会再做那种蠢事了。他们说决定让我暑假去东京咨询看诊。我父母相信医学和精神疗法之类的，似乎从来没考虑过我其实没有病的可能性。算了，无所谓，去东京还能再去原宿。对父母那边，只能一边慢慢接受心理咨询，一边互相加深理解。"

春纪和我都默然听着。

长泽一叹，又道："不过，往后还要在这城里再住几年，真痛苦啊。"

昏暗的香樟树荫下我们三人互相点点头，什么都不用说也能明白大家都从心底这样觉得。后面还有几年呢？进入社会，离开这座城市的那一天，感觉那个时间就像地平线外的彼岸那么遥远。连一年后的事都完全不可想象。因为就在两个月之前，连和枝的事都不存在。我们一家五人还在红花七叶树大道上平静地生活着。

后来，我又说了大迫自杀的事和读后感的事。虽然春纪都知道了，长泽却不知道。

"也许需要做心理咨询的是松浦吧。"长泽的反应很冷静。

我和他们说想要邀请一个人来我们香樟树下的集会，那个新闻记者我见过好几次了，是个可以信任的人。松浦虽然说希望这周给他足够的时间考虑，但难保这期间他会再对我们出手。所以我想先把信息告诉那个记者也好。

长泽说道:"我的事情就保密吧。我到底还是没勇气让它被当作新闻公之于众。"

我点点头,下了后山去接山崎先生。

※

从约定时间的五分钟之前开始,山崎就在指定的便利店停车场靠着车等着。即使是星期三的晚上,还是有很多少年成群地出入着便利店。新区没有家庭餐馆也没有咖啡屋,便利店就成了孩子们为数不多的社交场所。

正好九点半的时候,那个少年从后山的方向走来。他手上什么也没拎,穿着T恤和牛仔裤,也没有戴那个棒球帽。

山崎向少年招呼道:"哟,晚上好。"

少年点点头,说道:"好久不见。朋友在等着,要不要一起过去?"

他的声音十分老成。

四周内,这个少年身上似乎出了什么事呢。不知道是不是错觉,感觉他的个子也高了一点点。

"你比之前长大了呢。"

少年羞涩一笑,说道:"嗯,这两个月长了三厘米。早上起来的时候,膝盖还疼过。"

山崎被少年领着,进入夜晚的后山。走的路正是他为了采访而攀登过的那条瘆人的兽径。虫鸣的声音、叶子的沙沙声、自己的脚步声……夜晚的森林中只有听觉变得敏感得过分。从兽径上往那个玻璃小屋的反方向走了三分钟左右,就在他完全丧失了距离感时,他们来到一片空地,中间耸立着一棵参天大树,如飘浮的绿云一般。那棵树下,站着一个穿黑色T恤、纤细羸弱的少年和那个在图书馆见过的有点假小子气的少女。他们一直看着这边。

"这是我们班的班长长泽静和八住春纪同学。他们两个在寻找王子的过程中一直在帮我。这位是朝风报社东野分局的山崎先生。"

山崎把名片递给他们两人。少年接过后视线立刻回到山崎身上,少女则一直一脸稀奇地瞧着名片。

"请随便坐吧。因为会说得比较久。"

说完,少年A的哥哥就开始讲了起来。山崎在草地上坐下,有十年没这么干过了吧。

他说的故事十分奇异。

去年秋天在分局也被热议的梦见山中学学生自杀事件、这个欺凌人的主谋和少年A的关系,还有调查后山事件三人组被给予的特别关注和那些举报材料。山崎用手电筒照明,读了少年A和少年M的借书清单还有读后感。三人的兴奋以夜晚的森林为背景,也传染给了山崎。

"你们的调查做得很棒啊。"

少女的大眼睛里映着光芒，强势问道："这样就能追究松浦的责任了？"

山崎告诉自己必须冷静下来，集中精神，不能随便让他们抱有期待。

"确实疑点重重，但这一切不过都是间接证据。如果把这些情报全都交给学校和警方，他们也许会稍微有所行动。但是去年的自杀事件还没有得到明确的证词，令弟也没有供出任何和松浦有关的事情。这案子本身也已结束，审理彻底完成了。只有这些很难写成新闻报道。就算松浦再怎么可疑，毕竟也是有人权的。"

穿黑T恤的少年冷笑道："人权还真是个方便的词啊。对自杀的大迫来说，对因为弟弟的事就被写得乱七八糟的阿土来说，明明不存在那种东西。"

"我理解。但是这个少年过去没有引起过任何问题吧。就算我把你们提供的情报写成新闻报道，我们报社也不会刊登的。会被说'去推销给哪家体育报纸或者擅长媚俗的八卦周刊吧'，然后一切就到此为止了。"

少女叹道："结果就是只有我们被整惨了？喂，阿土，这样的话我们也去写举报材料吧，然后在学校和警署散布，以眼还眼。"

一直静静听着的少年A的哥哥开口了。黑暗的森林中，清晰地传来他平静的声音。

"不，不行。没有理由被人恶毒地对待了，就一定要以同样的方式还击回去。这就和对方一样了。如果报复顺利的话，或许我们三个就成为下一个王子了。"

山崎第一次知道事件发生的两个月带给少年的变化之大。他一下子成熟了。知道了正确的标准不在外部世界，而在自己心中。周围大人们的恶劣行为，也迫使少年茁壮成长了。

山崎陷于自己嘲讽的想法之中，微微一笑。

黑T恤少年说道："然后我们就一直做着好孩子，直到被摧毁。不知道今后对方还会使出什么手段。等我们都被整死了，做什么都来不及了。"

"我明白。但现在我只能选择做公认的最正确的事，因为不知道什么时候就会被赶出梦见山中学，媒体也还在虎视眈眈地盯着我们家。"

大家一直讨论不出什么结果。

山崎向少年问道："对了，松浦的家人是做什么的？"

一时间，三人皆是一叹。

少年A的哥哥说道："在梦见山警署工作。"

"欸？那他是松浦署长的……"

黑 T 恤少年又是冷冷一笑，说道："正是，就是那个出色的署长的独子。"

众人都沉默了，只剩下风摇动香樟叶子的动静。

❖

和山崎先生的对话花了三十分钟就结束了。毕竟，不能一直拖着从补习班放学回家的长泽和春纪。我把一系列资料的复印件交给了山崎先生。山崎先生说因为之前就认识，所以会去委婉地向松浦署长打听下。但是这样事态会变得更加复杂。山崎先生说警察对身边亲友犯的事儿一向很宽松，甚至会彻底地隐瞒。如果没有特别确切的证据，就别期待进展。而且那个少年才十四岁，如果不是杀人之类的恶性犯罪，警察对待违法少年也说不上严格。

然后，我们下了山，在兽径出口解散。春纪很有精神地挥挥手，回到新区明亮的夜晚街道。我也骑着自行车回家了。

从长泽那里听到春纪的事，是周四早上。

❖

那天是梅雨季腻人的阴天，我像以往一样登上梦见山中学的扶梯。早晨的招呼声在玻璃管道中回响。在打招呼的大部队中，我看到了长泽冷淡的脸庞。我笑着招呼他，他却一脸严峻地向我招手，把我带到玻璃砖的阴影下。

"阿土，春纪被袭击了。据说昨天回家的路上，被人从后面殴打了头部。"

我大吃一惊。早晨悠闲的气氛一扫而空。怎么办？怎么办？由于不安和恐惧，思路一直在同一个地方不停地打转，嘴却擅自动了。

"有没有事？伤得严不严重？"

"好像是轻伤。说是今天以防万一住院一天，明天再来学校。"

"太好了。"

话音刚落，便察觉长泽从正面直直盯着我看。

只听他说道："好什么啊。我们三人中春纪和我都被整了。下面就轮到你了。"

那整整一天，每当有人来到身边我都惴惴不安。在校园里走到少有人去的地方时，都会多次回头看向身后。我真是个胆小鬼。

◆

周五，春纪头上戴着白色网带来到学校。在早晨的教室看到我,她夸张地耸耸肩,一副很精神的样子。虽然上课时有时会呆呆地眺望窗外,但和以往的春纪没什么不同。午休时她把从笔记本撕下的纸折成纸飞机放在我和长泽的桌子上。我在桌子下面打开读了起来。

"放学后,第三教学楼后面见。H[1]。"

第六节课结束,我和长泽结伴出了教室,绕到教学楼背面。这里就是五月里我被长泽从长谷部卓他们手中救出来的那个地方。从那里看到梦见山的绿色又加深了一层,准备正式进入夏天。不久春纪就过来了,和以往一样穿着一身牛仔,肩上斜挎着背包。

"不好意思,突然把你们叫出来。"

我很惊讶春纪居然这么洒脱。我和长泽两人都不知道该说什么好。

"我暂时不能参加香樟树下的聚会了。父母很严厉地警告我'不要乱来',还说反正期末考试也结束了,补习班就休息两周。真无聊啊。唉,明明在香樟树下说些蠢话是我为数不多的乐趣啊……"

春纪说完,踢了踢脚边的小石子。

小石子撞上了教学楼的混凝土墙面,发出干燥的回响。

---

[1] "春纪"的日语罗马音拼写为"Haruki",这里取了首字母。

长泽问道:"看见对方长什么样了吗?"

"嗯,也被警察问过了,但没办法,一点都不知道。突然从后面被猛地打了一下,我抱头蹲下,完全没来得及去看对方的长相,但被问到的时候,我特别想说是五班的松浦干的。"

春纪看起来非常后悔。这次她用篮球鞋狠狠地踢了教学楼的墙壁。

"我稍微瞧见了他的背影。只看出个子很高、很瘦。从头到脚都一身黑色打扮,也许像高羽被打时一样戴着面罩。下面绝对会轮到阿土了。"

"我昨天早晨也这么说过。但是如果挨过明天就是暑假了,差不多也没事了吧。"长泽这样说道。

的确,我也许会勉强逃过。但这对松浦来说也是一样的。从现在起再过一个半月,大家都会把后山事件忘到脑后了吧。

"不,我要再见一次松浦。之前约好了要回复我,而且我强烈地感觉到松浦越来越疯狂了。像这次春纪的事,他不可能拜托别人去做,肯定是亲自动手的。有被人目击的可能性,而且春纪也可能受重伤。看样子,松浦也是被逼到了墙角,开始拼死反击。所以……"

"所以什么?"春纪嘀咕道。

"所以,我来阻止他。"

"而且不择任何手段",后半句我没说出口。长泽只是直直地看着我。

春纪说道："加油，阿土！我是做不到了。被袭击的时候我像一个娘们儿那样发出惨叫，哭了起来。一想到被那种家伙听到了自己的惨叫，我就后悔得要死，连自己都讨厌起来。我要是有把那个家伙揍飞的力量就好了……"

说到中途时春纪的声调就变了。她紧握着拳头，肩膀微微颤抖，面向正面用力叉开双腿支撑着自己。我第一次看到春纪的眼泪。春纪哭了，睁着大大的眼睛瞪视着前方。

我只有全力以赴了，这本来就是我弟弟惹出的事件。我们约好在春纪不能外出的两周里暂停香樟树下的聚会。

两周后如果还能在香樟树下再见到他们该多好啊，我从心底这样想。如果连我也变成了少年A，父母会怎么想呢？

不如跟松浦去玻璃星球上自焚吧……

此刻，我想不出更好的解决办法了。

◆

那天傍晚，我回到公寓在玄关脱下旅游鞋，瑞叶从里面的房间跑出来。虽然只有几步路，不过她还是很欢快地蹦蹦跳跳地过来。

瑞叶把一个棕色的小纸袋递给坐着的我，说道："给，哥哥。这是哥哥的熟人拜托我转交给你的。瑞叶啊，从那人那儿收到了哈根达斯冰激凌呢。那人好厉害，连瑞叶喜欢饼干和奶油口味的都知道。"

熟人？是谁啊？打开纸袋，我脸色一变，连瑞叶都察觉了。

"哥哥，怎么了？里面装了什么奇怪的东西吗？"

"没什么，什么事儿都没有。瑞叶，那是个什么样的人呢？"

"个子很高，皮肤很白，很帅！可能是高中生。"

大概是松浦吧。不过怎样都无所谓了。我又往纸袋里瞅了一眼，里面装着一条新款布腰带，跟和枝勒死那个女孩那条一样，带着红色和绿色的镶边花纹。和枝总是穿着肥肥大大的牛仔裤，腰上垂下长长的布腰带，顶端都能碰到膝盖。

这次被盯上的不是我，是妹妹瑞叶。这是夜之王子的口信。他已经完全疯狂了。阻止松浦，在我头脑中和救他是一个意思。不能让他也做下跟和枝一样的事，哪怕让我同他一起燃烧殆尽化为灰烬。

但我的思绪也就停在这里。我要怎么做才能阻止夜之王子？怎么做大家才能注意到我的话？在我的头脑里只能浮现出一个答案。

搞出一些事来，就算不愿意也必须要搞出一件让大家不得不注意的事。

我拉出桌子的抽屉，取出野外用的小刀放在桌子上。我从皮套中抽出刀，试着反射台灯的光线。耀眼的光芒沿着刀身缓缓爬向刀尖。然后我开始写信，写下我所知道的所有关于夜之王子的事，连同借书清单和读后感的复印件一起放入信封中，再把刀和信放在帆布背包底部。

我决定在妈妈下班回来前打个电话，于是按下了松浦家的电话号码。我之前从森田那里拿到了年级名册的复印件。

回铃音响了三声后，一个优雅的声音从话筒里慢慢传来。

"喂，这里是松浦家。"

"我是慎吾同学学校的朋友三村。"

"好的，请稍等一下。"

不久，我果然听到了松浦爽朗的声音。

"突然打电话到我家，真让我大吃一惊啊。"

"不好意思。我想明天结课典礼之前听到你的回复。"

"在电话里不方便讲。明天我在学校联系你，直接见面说吧。"

"知道了。今天送我妹妹礼物的是松浦吧？"

低低的笑声响了起来。电话里听到的笑声十分生动，连换气的声音都像大风一样在耳边响起。

"不是啊，我不知道这事，大概又是哪个上不了台面的家伙搞出的整人把戏吧。说起来礼物里面是什么？"

"布腰带。"

"花纹是与和枝用的那条一样吗？"

"是的，绿色和红色的镶边花纹。"

"原来如此，这样的确让人有点不舒服呢，看来也有家伙能搞出很高明的恶作剧啊。那明天学校见吧。"

松浦说完便挂了电话。我维持着原来的姿势站了一会儿，连把听筒放回原位的心情都没有。

虽然精神疲惫得不得了，但我还是同瑞叶玩了一阵儿。这段时间因为调查和枝事件和期末考试，我都没和妹妹怎么玩过。看到妹妹开心的笑脸，我很高兴。我要守护这个笑容，绝对不能让夜之王子触碰到。哪怕胆小如我，也是有着一点点坚定意志的。

那晚就算钻进了被窝也一直无法入眠，我爬起来好几次去确认帆布包里的小刀是不是还在。每次去野外调查砍伐完植物，我都会擦掉小刀上的污迹，用油磨光之后再放入皮套中。高碳不锈钢刀身同刚买时一样闪闪发光。刀长九十五毫米，刀柄用一种叫黑鹿的水牛角制成。在我拥有的东西中，这东西的昂贵仅次于山地车。这是爸爸从东京的户外用品商店买回来的，是我的宝贝。

从来没想过会因这种目的把小刀拿到学校去。继和枝之后连我也要让爸爸难过了，半夜里一想到这个眼泪就流个不停。隔壁房间里妈妈和瑞叶睡觉时的呼吸穿过拉门传来。但我的决心丝毫没变。

为了瑞叶，为了长泽，为了春纪，还为了我自己，更重要的是为了松浦，如果夜之王子再继续疯狂下去，只能由我来了结他。

哪怕要燃成灰烬，我也在所不惜。

❖

周六是结课典礼，晴朗的天空在新区上方铺开。尽管我没怎么睡，还是觉得非常清爽。我在扶梯上一道完早安，长泽就离开班长的队伍跟了过来。我瞥见松浦的脸，他淡然若水，对所有上来的学生都和气地打着招呼："早上好！"

长泽与我并肩走着，说道："阿土，你怎么了？一直绷着脸，脸色也不好。"

不愧是长泽，观察十分敏锐。虽然我自己没发觉，不过大概脸上正是一副很可怕的表情吧。

"什么事儿都没有。"

走在校园里的学生脚步非常轻松，看起来仿佛像飘浮在离开了地面五厘米左右的半空中。这也不是没道理的，从明天开始就要放长得看不到尽头的暑假了。

我们来到第三教学楼，打开鞋柜门，里面有一张折着的碎纸。我藏到长泽看不到的地方，打开一读："今晚九点，在后山山顶等你。夜之王子。"

长泽讶然看着我，问道："怎么了？你表情很奇怪啊，阿土。"

"没什么。还是那种整人的信。"

我这么说着，和平常一样，把松浦的信团成一团扔在鞋箱旁的垃圾筐里。

"那就好。我回到问候队伍中去啦，教室见。"

我点点头，长泽快步横穿过校园回去了。

❖

在校园里听完里见校长一学期总结发言后，大家各自回到教室。到了大扫除的时间，我一心一意地把二年级三班的教室打扫干净，用抹布把自己的桌子和椅子擦了三遍。

大扫除后美佐子老师宣布了注意事项，给全体同学发了很多各个科目的作业。最后的高潮是发成绩通知单。

每个人被点到名字后都走上讲台。梦见山中学是男女同一个名册，我的名字在最后才会点到。

终于轮到我了，我站在美佐子老师面前。

"虽然发生了很多糟糕的事，但三村在学校的生活态度很了不起。成绩虽然有点下降，不过马上就能追回来。更重要的是，老师对这个事件有很多话想同大家说，虽然因为校长的方针而一直没能在班上提及。暑假期间我再好好思考一下，然后下学期同大家认真谈谈。大家暑假快乐。"

最后一句话在同学之间被来回重复着。一句话就让我切实感到暑假真的到来了，四十四天的漫长的暑假，对我来说也许会变成幻影。

那天我难得地同春纪、长泽和小道四人结伴回家。

落在校园的阳光十分耀眼。小道膝上作业堆积如山。

他打趣道："这事要是被人拍下可就糟了。肯定会被人写下来，《男同性恋、女同性恋、王子的哥哥和轮椅残疾人的约会》！"

玩笑比较过火，但我们还是笑了。说起来，小道十分生气自己没有出现在那个揭发传单上。与朋友在一起，再普通的事也能笑出来。在扶梯下告别的时候，我特别想握住他们三人的手说谢谢。可能的话还想紧紧拥抱他们。但我没这么做，只是骑在山地车上两手松把，像往常那样回头向他们摆手告别。

再见，谢谢。希望下次见面前一切都不会变。

我不知何时才会和这远去的三人重逢，唯有先如此默默寄语。

❖

在公寓里我给妈妈看了成绩通知单，妈妈露出无可奈何的表情。或许每个家庭都一样，我们家周六的午餐多是咖喱，那天吃的也是咖喱饭。我又添了一碗之后，一口气喝干一杯冰水，冲到了外面。我感到如果一直在家里待着的话，肯定会被妈妈察觉，这样就会动摇我的决心而没法迈出家门。我骑上山地车，向迫然寺驶去。

途中，我为了找花又绕到梦见山郊外。现在是七月中旬，像这一带这么丰饶的自然环境里，马上就能找到野花。可是我看花看得过于入神，把这码事给忘掉了。

那天下午我在水田的小路旁发现水芹抱成一团正在开放，便拔出野外用刀去砍水芹结实的茎部。

水芹的花序叫作复伞形花序，花枝从茎的顶端像烟花一样四处伸展开去，在顶部团团开着细小的白花。收集了很多之后，比花店里那些又丑又高的满天星要漂亮多了。

我还是用蟋蟀草的茎从根部扎上做成白色的水芹花束。因为没法混杂太多其他种类的花，所以尽管我的花束朴素漂亮，却不够时尚有型。没办法，谁让咱是土豆呢。结果一次都没能给那个女孩供奉上华丽的花束。

我走回自行车旁，在风中放下野花花束。叶尖在风中发出颤抖的声音。日光从头顶上直射下来，水田上广阔的晴空似乎变得更加坚硬。

❖

　　穿过迫然寺的大门,我向女孩的墓走去。但拐过转角后,我的脚步立刻停住了。死去女孩的墓前,站着大迫的妈妈和一个从没见过的年轻女子。不用介绍我也能立刻认出来,这就是死去女孩的妈妈。她就像裹在一件大了好几个尺码的长羽绒外套里一样,周身被悲伤的空气包围。

　　我不知道该怎么做才好,只得深深鞠了一躬。

　　"对不起,没经过同意就每周擅自前来参拜。"

　　大迫的妈妈说道:"我和向井女士说了你的事。你过来,把花供上吧。"

　　我僵硬着身体把水芹花束放在女孩墓地的最下层,为花茎根部参差不齐的长度感到惭愧。我合上双手,头脑中变得一片空白,什么都祈愿不了。

　　我从墓碑前退下后,死去女孩的妈妈对我说道:"我一辈子都不会原谅你的弟弟,但谢谢你每周都来供奉花束。你的花比其他任何人的花都要用心。"

　　说完,那个女人静静地哭了。从杉树上传来蝉鸣的声音,在周边的墓碑上回荡开来。我拼命忍住不让自己的泪水落下来。因为我没有哭的资格。我把学年文集还给了大迫的妈妈。她问我要不要进去喝杯冷饮,向井女士好像也想和我说些死去女孩的事。但是我委婉地谢绝了，说如果下周有时间的话一定会找她们聊聊。

我说完就离开了这里。如此一来，我就没什么放不下的了，只等着夜晚到来。

看了一眼手表，才下午四点。离日落还有两个半小时，离和夜之王子的约定还有五个小时。我决定在天黑之前，骑自行车跑遍故乡梦见山新区。

在我读过的和枝事件的报道和报告中，很多都把新区这种人工城市的冷漠和非人性的构造当作引发事件的元凶之一。这种解释虽然浅显易懂，很容易被认同，但我怀疑是否当真如此。我一边想着，一边漫无目的地骑过小学时玩过的各处儿童游乐园，与过去朋友一起走过的街道。

日本全国不论哪里都有新区。仔细想一下的话，东京整体就像一个巨大的新区。但也并非哪里都发生了和枝这样的事件。只归咎于环境的话毫无道理，这样住在新区的人就太可怜了。没有人能随随便便就搬走啊。

评论家把新区居民特殊的同质性当作问题。梦见山居民的三分之二都在一些上市企业的工厂和研究所工作，但这样说的话，日本全国各地所有人都会被"必须要与其他人一样"的压力击溃。电视上同类节目一直都来回使用着相同的艺人，就算是立场各自不同的报纸，对和枝事件的反应也只有相同的集体歇斯底里式的报道。

越想越觉得搞不明白。我的田野调查恐怕是失败了。对象若是植物，就算田野调查很糟糕，只要孜孜不倦地做下去，总会在不知不觉中加深理解。

我最后来到了红花七叶树大道，在我怀念的家门口停下自行车。那个事件以来有两个月了，没有摄像机的队伍排在门前了。没人住的家看起来很寂寞。房子也会上年纪啊，两个月之间我的家就老了很多。虽然爸爸每月会来保养两次，看起来还残留着些昔日的影子。如果能挨过今晚，我也来这里帮帮爸爸的忙吧。再也不想介意别人的目光了。我这样想着。

夕阳中，我离开了白色的家，向后山进发。

◆

我在香樟树下打开塑料瓶喝了一口矿泉水，虽然温乎乎的不够凉，但很好喝。我决定在约定时间到来之前躺在草地上等着。太阳在远处的山峦落下，东面天空清澄的藏蓝色覆盖了整个天际，渐渐吞没西面的橙色云霞。光与云那不掺一丝浑浊的鲜明色彩十分震撼。我有生以来第一次像这样被樟脑的香气包围着看一个小时晚霞。

❖

晚上八点四十五分，我从香樟树下站了起来。在这之前我稍微睡了一会儿，补充了水分，吃了面包和巧克力，把野外用刀从背包里拿出来放进牛仔裤兜里。

黑暗的森林中，我登上兽径。夜空晴朗，美丽非常，也能稍稍看到点星星。只有风在凶猛地刮着，猛烈地摇撼着山毛榉的树梢。树叶沙沙的响动覆满了整个后山。还有五分钟到九点的时候，我来到了山顶。山毛榉的树干星星点点地伸向天空，山顶像篮球场一样平整。我走过去，看见圆木屋式的工具屋门廊上，有人摇动着小小的手电筒，是松浦。他穿着黑色裤子和白色长袖衬衫，亮度不亚于手电筒光芒的白衬衫在黑暗中十分醒目。我在小屋前停下了脚步。

只见松浦坐着说道："你还真敢来啊。本来还想你是不是逃了呢。"

"我是不太想来这个地方，不过必须得听听松浦的回复。说好的嘛。"

松浦朗然笑道："我可不记得有这样的约定。不过既然是最后了，三村……不，像你的朋友那样叫你阿土可以吧……阿土想要我说的事情，无论是什么我都会告诉你哦。"

风刮得更猛了，云在天空流动。连星光好像都摇曳起来。

我对松浦说道："'最后'是什么意思？"

"夜之王子的最后。我不会再玩那个游戏了，今晚就是王子的最后一夜。"

"那你能不能和我一起去儿童咨询所呢？"

"我很想告诉阿土'可以'，但是不行啊。我今晚过后就不当王子了。你就是他最后的祭品。现在都初二了，不是有说法说中考是从初二暑假开始的吗？所以游戏到此为止。"

我确认了下口袋中小刀的触感，用这个还早。

松浦一身轻松地坐在那里。

我问道："周三晚上袭击春纪的是松浦吧？还有，做那个网络炸弹和揭发材料的也是吧？"

"是啊，不过指导部的有志稍微帮了点忙。但他不知道我是夜之王子。他太没有想象力了，和兔子一样，对拿着刀子的我就这么自己凑过来。察觉到我两张面孔的只有大迫、和枝和阿土三人。从这个意义上讲，阿土也许可以说是我唯一的朋友。"

松浦说得甚是落寞。他的手掌上，手电筒骨碌骨碌地滚着。

"但你不是和大迫关系挺好的吗？你们从小学起就是好朋友吧？"

松浦笑了，但这次是夜之王子的笑。

"不知道你是不是从他妈妈那里听说的。不过大迫对我来说就是银行，可不是什么朋友。钱不够的时候上门去要就行了，和提款机没什么两样。一直在一起的小孩就是好朋友，只是大人一厢情愿的想法罢了。大迫在班上也很讨人嫌。他家里是新区的大地主，从小被娇惯着养大。每个班上都有个这样的人吧，总是固执己见，完全不懂得配合周围的气氛。这种人只要有一个，周会时间就要多花上好几倍。我们班上没有一个因为他自杀而哭泣的人。"

"遗书是怎么回事？"

夜之王子冷笑道："被我从他房间里拿走了。文章很不入流，尽是些没完没了的苦情抱怨。'无论什么人在死亡面前都会变得伟大'，根本就是彻头彻尾的谎话。傻瓜到死也是傻瓜。"

山毛榉林像暴风雨一样摇动起来。松浦的话就像刚刚碎掉的玻璃一样透明，直刺入我的心脏。

"有一件事我不明白。松浦与和枝事件到底有什么关联？即便用鉴定过的科学搜查，也只证明了和枝是凶手。松浦的行动完全搞不清楚。你说过'去杀掉那个女孩'吗？"

夜之王子露出了有点为难的表情，说道："没那么单纯。我是独生子，简单来说，就像爱弟弟一样爱着和枝。不是少女漫画里那种，而是彻底控制。所谓的爱，就是支配。"

我胸中有什么东西猛烈地摇动起来。不是愤怒和憎恨这种激烈的情感，是我至今为止还没有接触过的一种东西。

"你到底对和枝做了什么？"

"你知道少年法的基本理念吧，少年是具有可塑性的存在，意思就是可以很轻易地被改变。我抓住他生活的细节，谨慎地选择方向，给他书和录像，并在他耳边灌输很多思想。不过也不需要什么复杂的体系，只要把知识分子喜欢的哲学思想像大杂烩一样杂乱地告诉他就好。另外，还要把对我的恐惧彻底刻进他心中。在我把兔子们一个个血祭的时候，和枝紧紧贴在金属丝网上看着，在恐惧中恍惚。然后下面就变成由他开始杀戮温血动物了。在他心里似乎原本就沉眠着暴力行为的倾向。不过他真是个很棒的学生，是我最好的玩具，聪明、敏感，还有令人目不忍视的残酷。这样的东西十分稀罕啊。和他比起来读后感什么的根本不值一提，和枝才是我的最高杰作。"

爱是支配吗？那松浦到底是被谁所支配呢？他的心犹如歪曲的黑曜石，无论什么光射进去都会扭曲。为什么会这样？

就在我这么想的时候，松浦兀自兴奋地说着："和能理解自己的人诉说秘密，真开心啊，竟然都停不下来了。和枝自己说出来过'想要杀个人试试'。青出于蓝而胜于蓝的那一瞬间，很棒，不是吗？我们共同寻找目标，但找和你妹妹同龄的女孩是我的主意。五月十七日，正好两个月前的那个星期日，和枝带着那孩子登上后山。我在这个工具屋中等着。地下的秘密通道在这附近的混混间很出名。和枝一进去，就勒住了女孩的脖子。我则在房间另一侧看着。花了不少时间呢。和枝拿绳子绑着女孩，从梁上吊下，把连衣裙扯下露出胸部时，回头问我能不能咬她的胸部。我让他随便做。和枝太兴奋了，脸颊都变成了玫瑰色，眼睛像湿润的玻璃珠。他喘息着，就像是缺氧的金鱼……我一直忘不了他那时的脸。"

我险些吐了。我很容易想象和枝当时的脸庞。

夜之王子的脸同样兴奋得发烧。

我压抑住心中劲吹的暴风，对松浦说道："但为什么和枝一句都没有提过关于松浦的事？如果你刚才说的是真的，那就是彻彻底底的从犯。这种事完全没法想象。"

"我说过把恐惧刻进了他的心中啊。和枝相信我可以轻易地杀掉一个人，不可能开口供出我的。如果供出来的话，那他可爱的妹妹就惨了。"

夜之王子脸上浮现了我从没见过的甜美笑容，说道："还有啊，最后使用腰带的时候，抓着腰带一端的其实是我哦。这可是只能在这里说的秘密。所以，和枝的想法在某种意义上说是正确的。"

因为受到的冲击太大，我一时只能听见风的声音。我慢慢把两手放进牛仔裤的兜里，装作有点累了的样子把重心移到一只脚上，右手的指尖碰到野外用刀。水牛角温和的触感给了我安心的感觉。

为了拖延时间，我又问道："不过，松浦是从什么时候开始变坏的？"

"我觉得'我是否变坏了'只是个视角问题，至少在梦见山中学这么想的是少数派。但是阿土的问题也不是不能回答。你知道我父亲在做梦见山警署的署长吧。再干几年就会以警视正的身份退休，官阶不会更高了。父亲虽然是优秀的警察，但不是公务员精英，他一直在感慨自己学历不够。虽然自己五十三岁就成了警视正，但若是公务员精英，只做文书工作，就能三十三岁达到同样的位置。只是没参加一个考试，就有了二十年的差距。于是他就对我进行了彻底的精英教育。我在进幼儿园之前就能读写简单的汉字，掌握乘除法和分数的计算了。以至于我上学之后很是吃了一惊，大家的水平都好低啊。为了考试投机冒险，补习班里还要复习重点，这些对我来说完全无法想象。考试题从教科书里出，教材只要读过一次我就能记住。说考试和技巧有关的人，头脑都不怎么样啊。"

松浦摆出一副"哎呀呀真没办法"的表情。不过，我也只能在现在笑一笑了。听了夜之王子的话，我了解了自己必须要做的事，另外也明白了必须如此做的正确性。

"父亲是个很严厉的人。每周只允许我看两小时电视，书只能读历史、法律等人文相关的，衣服也是家长选的。不能在外面买东西吃，不能打游戏，不能看电影、听音乐、看漫画，周末也不许外出。打给我的电话、写给我的信他们一律都要检查。小学五年级时读到《小王子》时我从心底感到触动。虽然我在那之前读了超过一千本书，但还不知道小说是什么。那可真是个好东西，一种很棒的文本形式啊。不过归咎于父亲也许只是我在转嫁责任。热心教育的爸爸多得数不过来，但也没听说莫扎特因为父亲而变成杀人犯啊。"

我听见他从鼻子哼出来的笑声。松浦在嘲笑他自己。

"也不知道自己是从什么时候开始变成这样的。从记事起就一直被人控制着，不知什么时候自己也就变得想控制别人了。光是一直被爱的话，就会变得想爱人，是这么回事吧，阿土？"

突然，松浦提高了声音，笑容不变。

"把你屁股兜里的东西拿出来吧，你这个样子憋屈得我都看不下去了。我本来也没认为阿土会空手过来。"

没办法，我把野外用刀连同皮套一起拿出来，垂手握在大腿边。我估测了一下与坐在门廊的松浦的距离，三米多一点。虽然一步迈不过去，但有一秒就够了。

无云的清澈夜空中骤然吹过一阵风，后山在摇动。我测完距离，静静估量时机。

"阿土，你知道我是剑道初段吧。人一往前移动就会稍稍降低重心。看，阿土的腰有点沉下去了呢。真有趣。"

松浦说完，在暴风的夜晚中冷冷一笑，白色的衬衫十分耀眼。

"那，我给你一个礼物吧。接着，阿土。"

松浦就那么坐着，抛给我一个东西。那个半透明的东西一甩手腕就能扔过来，在空中飘飘忽忽地变换着形状。要是躲开就好了。怎奈事发突然，我太着急，那个东西就碰到小刀落到地上。我的手完全没作出反应。皮套的顶端稍微碰了一下，那东西就弹了起来，洒出里面的液体。牛仔裤前面被这液体洒满，湿漉漉的。一股挥发性的气味钻进鼻子里，眼睛被呛出了泪水。

汽油！

第二波打击接着在我胸前弹开。看到一个裂开的胶皮套胡乱地落下来，我明白了，那是安全套。松浦把装满汽油的安全套投向了我。我擦擦眼睛转向正面，只见夜之王子站了起来，拿着在便利店就能买到的点火装置。他左手拿着银色发胶喷漆罐，右手则拿着蓝色的百元打火机。他拿喷漆罐的喷嘴直直对着我的腹部，像看准星一样伸出打火机。

我想起了在利根川的野营。爸爸因为潮湿的漂流木不好点火而焦躁，便在空罐子里装上汽油洒在上面。下一个瞬间，堆起的木头一下子爆出了两米高的火焰。近距离看，汽油着火的速度简直和光速一样。

"别动，阿土！你虽然是个不错的家伙，但头脑太守旧了。

总是挥着刀子可不行。想想吧，用刀子会留下不自然的防御伤，就算把人吊起来让人看着像自杀也很不容易。我可是拼命地思考了让人看起来像自杀的办法哦，才没有和你同归于尽的打算呢。用火是最简单的。阿土因为烦恼和枝的事件，就跑到了事件发生地自焚身亡。最后夜之王子就是你了，因为你会在这个玻璃学校的山顶烧成一团灰烬。不过这不是很好吗？至少还有我看到了你的生命之火。"松浦笑着说道。

我又估测了一下距离，想在火起之后跑上一两步扑到松浦身上拉住他。但以他在剑道部训练出来的动作之迅速，这种可能性很小吧。不过也只能这么干了。我察觉自己的身体在很久之前就开始颤抖。

"夜之王子的传说就在今晚结束了。永别了，阿土。"

黑暗中瞄准我的银色发胶喷漆罐丝毫没有松动。我又把腰沉下去一些，微屈膝盖。我看见松浦右手拇指一动。擦擦百元打火机的打火石，正要转动小小的打火齿轮。

这时，夜晚的森林中响起一声叫喊："住手，慎吾！"

不是松浦，也不是我，是个成年男性的声音。这个声音从离松浦站着的门廊只有数米远的工具屋里传来。继声音之后，一个两手伸在身前的男人出现了，手中一个尖尖的黑色物体的一端正指着夜之王子。

这个人穿着警察的蓝衬衫，脸被太阳晒得黝黑。我在电视上见过这张脸。他是梦见山警署的署长、松浦的爸爸松浦慎一郎警视正。

"到此为止！我已经听到了你说的话。慎吾，你病了，跟爸爸去看医生吧，别再加重你的罪行了！"

森林中猛烈地刮着低气压的暴风，我看不清松浦署长的表情。不过只听声音就能明白松浦的爸爸眼里正含着泪水。

松浦对正接近过来的父亲回过头，依然带着和我说"永别"时的那种微笑。松浦和他爸爸的视线对上了。我虽然看不见松浦的表情，但知道署长的脸色变了。

惊讶与恐惧，还有一点悲哀。然后松浦慢慢向我转回脸。散落着斑驳血色的脸上浮起笑容，比刚才的还要灿烂很多。正如夜之王子所说，现在松浦自己的眼睛就像一个湿润的玻璃珠散发着光芒。他呼吸粗重，红色的舌尖舔过下唇。松浦白色的衬衫鼓满风，像要起航去往远方国家的船上的风帆。

他左手食指把发胶喷漆罐的喷嘴按下五毫米，黑暗中一阵白雾向我袭来。松浦右手中，百元打火机上透明的蓝色在摇曳。

松浦的笑容更灿烂了。我感到打火石的顶部小小的火花飞了起来。

这时，眼前突然充斥了火焰的白色。

❖

　　白色的黑暗中，只能看到松浦的白衬衫，有什么东西以匪夷所思的速度射中了松浦的背部，灰尘都因为这个冲击而被掸了出来。下一个瞬间，胸口的衣兜附近一片红色晕染开来，松浦像个断了线的人偶一样跌落在地上，脸上依然带着和我说"永别"时的笑容。

　　松浦的父亲立刻赶到倒下的松浦那里，蹲在已经不能动的夜之王子身旁，用手托着他的后颈。他深深一叹，再次站起来时，松浦署长的眼睛竟变得赤红。

　　"我听到你们的话了。我绝没想过要支配这个孩子，只是想让他将来不管做什么，能对社会有用就好。没有父母不希望孩子幸福，你家的父母肯定对你和弟弟也是这么想的。"

　　我无声地点点头。松浦的父亲没有擦眼泪，就这样开始和我说话。

　　"恐怕我真是做得太过火了。慎吾他太直率，无论给他什么目标他都能顺利达成。我一直坚信他能茁壮地成长，前途不可限量，哪知竟会变得如此扭曲……都是我的责任。真抱歉，给你添麻烦了。这孩子我带走了……"

　　松浦署长以一副难以启齿的样子停住了讲话，用直立不动的姿势，向我深深低下了头。

"我有一个很无礼的请求,不知你能否答应。"

松浦的爸爸看着我的眼睛。

我从来没看过那么富有拼命意味的眼神。

"我知道这很厚脸皮。但可不可以不要声张慎吾的这件事?为了这孩子的名誉和被独自留下的母亲,拜托了。这是来自死者的最后的愿望。对你的弟弟我觉得万分抱歉,但三村,求你了。我们父子的事请不要泄露出去。"

松浦的爸爸说完又挺直了身体,扑簌簌地落下泪来,闭着嘴不出声地哭泣着。这个人想死。我该说什么才好?在他射杀自己的儿子后,我还能对他说出"活下去"这样的话吗?猛烈的风中,松浦的爸爸和我就这么面对面地站着。

我的泪水也络绎不绝地汹涌而出。为死去的女孩,为和枝,为松浦,还有为了已经做好赴死决定的松浦的父亲,泪水止不住流下。

但我的心还是在动摇。如果什么都不说,这个事件就变成全是和枝的错了。爸爸妈妈的脸庞浮现在眼前。同意和枝被带走的那个周六早上妈妈的泪水,在壁橱中哭到睡着的妹妹瑞叶……我想到了自己家人今后不得不背负的重担。

怎么做才好?现在,我必须得一个人在这里给出答案。就算有共犯,和枝诱拐那女孩并杀了她的事实也不会改变。如果现在拒绝了松浦父亲的请求,不幸的家庭就又多了一个。

我的思考到此为止。就像在森林里迷路时一样，对包围着自己的植物、风和土地敞开心扉。真正给出重要问题答案的，不是头脑，而是心灵。山毛榉树叶的沙沙声荡涤了我的耳朵，我深深吸了一口夏夜的空气在胸中。脚底下是湿润得恰到好处的山顶土地的柔软触感。我的心脏在轻轻地跳动，只要顺从心灵来回答就好了。不管得到什么结果，我也能够接受这个结果并生活下去。有那么一阵儿，我变成了一棵山毛榉树伫立在夜晚的森林中。答案从心底深处慢慢浮上来：

"我知道了。"

这就是我的心选择的答案。松浦的父亲点点头，"谢谢。你是个了不起的少年。请带着我和我儿子的份，好好地生活下去。"

松浦的父亲这样说完，用两手抱住松浦，就这样走进了夜晚的森林。被暴风猛烈摇撼的绿色，不久就遮住了松浦的白衬衫。

我下了兽径，途中听到后山上方又传来一声枪响。

❖

我出了后山，走上混凝土的人行道，脚下坚实的触感让我第一次感觉到自己还活着。我的腿开始颤抖。附近街灯微小的光晕中，我看见了长泽、春纪和朝风报社的山崎先生的脸庞。三人一脸担心地跑过来。

春纪用快哭出来的声音说道:"阿土能回来真是太好了!"

春纪正要向我扑过来,突然脸上表情变得很古怪。

"什么味道?好臭啊。"

"被浇上汽油了吗?看起来刚才相当危险啊。有件事必须要向阿土道歉,我侵犯了你的个人隐私。"

长泽一如既往地冷静。

长泽今早装作回扶梯,后来又返回鞋柜,从废纸筐里取回了松浦给我的纸条。读完之后他立刻联系了山崎先生。山崎先生和长泽在梦见山警署停车场找到松浦署长是晚上七点刚过。大略说完夜之王子的事后,都过了八点。山崎先生和署长开着两辆车奔向后山,署长让他们两人留在下面,孤身登上了兽径。

"多谢,又被长泽救了一次。"

山崎先生急道:"上面的情况怎样?"

"全结束了。第一声枪响是署长射击松浦的枪声,第二声大概是署长射向自己的声音。我没有往那边看。"

山崎先生听到这个,立刻便欲奔向后山。

"请等一下。我在署长死前和他约好了,绝不会讲明夜之王子的真正身份。山崎先生成为第一发现者我倒是不介意,但如果被警察问到,请告诉他们你不知道王子的事和我们的事。拜托了,这是署长最后的请求,我答应他了。"

山崎先生的表情不停地变换着,我看得出来他挠着头正在拼命地思考。

"作为第一发现者,说什么事情都不知道是没法交代过去的。被问到为什么会在这里,要怎么回答才好?你知道的吧,松浦有没有真的死掉?"

"嗯,松浦的父亲诊了他的脉,好像是当场死亡。"

"那,松浦署长呢?"

"不知道。不过那个人的话,即便是自杀也不会出错。这个山崎先生应该更清楚吧?"

山崎先生一时语塞。

须臾,他嘟囔道:"是啊,他不是那种处理不好自己的人。"

我直直看着山崎先生的脸。

他接下来的做法,将直接表明他是一个怎样的人。

※

"在后山事件的案发现场,当地警察署长自杀且强迫他的长子一同殉死"。只凭这个就有成为头条新闻的价值了。山崎在后山的环山路上思考着。眼前三个中学生站在一起,直直地凝视着山崎的脸,用一种不知道在想什么的眼神。

山崎飞速地思考着。强迫殉死的背后隐藏着这几年在梦见山地区造成大骚动的"夜之王子"的真身。去年秋天梦见山中学学生自杀事件、今年春天女童被杀案，与这两者密切相关的谜一样的人物，终于显出了真身。作为有组织的新闻记者，当然不得不考虑其报道价值的大小。另外，这也是只握在山崎手中的独家新闻。不光是其他报社，就是在朝风报社内部也可以轻而易举地超过其他所有记者。

但如果真的这么做了，就不得不背叛眼前的这三个人。情报提供者是只有十四岁的初中生。一旦开始报道，好不容易平静下来的新区又会被暴风雨吞没。这三个人，同松浦署长的遗属一起，都会陷入媒体的交叉炮火中吧。

他也考虑了最先进行独家报道后经济上的好处。可能写了之后，社长奖就到手了，自己也确实有传达真相的报道义务。不管怎么想，把夜之王子写成报道都是正确的选择。

然后山崎回视了三个初中生的眼神。他想起了曾经自己也露出这种目光的日子，那时候总觉得自己永远也不会变成大人。前几天应该还在香樟树下感叹过这个少年的事。

感叹他长大了。正确的基准不在外部，而在自己的心中。

这话不是山崎自己说的。就算很容易将真相写成报道，但真要实行起来却困难重重。然后他脑中又不期然地浮现了松浦署长的面容。在警署的楼梯上擦身而过时，署长脸被晒得黝黑，和他打着招呼。"哟，山崎，最近还好吗？"

山崎叹道:"我会后悔一辈子。算了,我不会写夜之王子的事。但我还是很担心,所以至少让我匿名通报下吧。也不能一晚上就把他们两个放在那里不管。"

土豆般的少年说道:"很抱歉提出无理的要求。真是太感谢您了。"

眼神淡漠的短发少女一脸"你这个大人也就那么回事吧"的表情看着山崎。不过也许这也是理所当然的,所有情报都是眼前这个满脸痘痘的小个子少年收集的,自己不过是在最后接过了接力棒而已。

最后,山崎说道:"喂,三村,我以后也叫你'阿土'好不好啊?"

少年害羞地点了点头。山崎拿出手机,按下了警署普通线路的号码。在后山事件采访期间,他确认过哪个线路的电话会被录音。山崎在电话接通后,以匿名身份只传达了最低限度的必要信息,然后就挂了电话。

❖

之后我们就各自回家了。

山崎先生说要用车把春纪和长泽送回家。后山的盘山公路上小小的轿车缓缓行驶着,我骑着山地车跟在旁边。春纪把车窗完全打开，轻轻朝我挥手。长泽则是一副不知道是在笑还是在哭的酷酷表情。风还在猛烈地吹着，但无云的夏日夜空在新区的上方广阔地铺开。我深吸一口气，胸中充满了被风从远处送来的绿的清香。春纪头上戴着白色的网罩，有些奇怪地变得欢欣起来。也不是没有道理，从明天开始就是漫长的暑假了。

来到新区中心地带后，车转过了十字路口。我穿过无人的街道，乘着风骑在国道上，两边的水田泛着绿色的涟漪。

尽管发生了这么多事，回到家时还不到十一点。已经习惯了我因为香樟树下聚会而晚归的妈妈什么都没有说，当然也可能是因为沉迷在两小时推理电视剧的解谜过程中。就算被训，我也没法从床上爬起来了。

我累得连骨髓都透着疲劳。这不是比喻，而是一个无比正确的表述。

❖

第二天，梦见山又起了大骚动，但警察的处理十分迅捷。官方发表的声明是这样：长子因中考迫近而患了神经衰弱，松浦署长射杀了长子，强迫他殉死。

人们认为他是因春天后山事件积劳太过。没有一家报纸提及夜之王子，山崎先生遵守了约定。被孤零零留在这世上的松浦的妈妈真是太可怜了。电视上播放着她哭着抱着两人遗像的身姿，黑框里的松浦露出不是夜之王子的那种爽朗笑容。到现在我想起他的时候，也是这种笑容居多。

松浦的爸爸抱着独子的尸体，走向森林中的玻璃小屋。在那片散落着无数玻璃碎片的空地上，把松浦靠放在风倒木上，自己坐在旁边扣动了枪的扳机。

据说松浦的父亲的左手和松浦的右手用警署配给的领带紧紧绑着，手也握在一起。听山崎先生说这事的时候，我的眼中浮出了泪光。

署长自杀之事，由于县警高官施加了很大压力，几乎没太被媒体报道。

山崎先生一脸舒畅，说道："我就算写了报道的话，也会被我们上层捏死吧。尽是些间接证据，而且对死者不能无礼，还有今后和县警的关系也很难办。"

对死者确实要心存敬意。我到现在也是每周六的下午都去大迫家的寺院献上一束野花。我从小香流妈妈那里听到很多小香流的事。到秋天为止都有花开着，不过我一直很担心到了冬天花束该怎么办。

由大迫的妈妈从中牵线，小香流的父母和我的父母在七月底的时候直接见了一面，地点在迫然寺的一间屋子里。我没有听到他们在说什么。爸爸和妈妈回到公寓的时候，眼睛都还红红的。

从那以后两人每月也都去小香流的墓前参拜了。因为我去参拜一直都是秘密的，父母并不知道我和小香流妈妈的事。

我们家每个人都过得很好。虽说经济不景气，但爸爸还是和以往一样似乎有很多加班。妈妈一边卖力地兼职打工，一边照顾着我和瑞叶。瑞叶在新的小学也交上了朋友。

我和瑞叶都变得很擅长做家务了。我觉得自己做饭的手艺提高了不少，对火候的大小和盐的多少都有了感觉，拿手菜是生菜、牛肉和放杂鱼的炒饭。因为凉着吃味道也不错，也曾把它们放在瑞叶远足的便当里。

妈妈有时周日会和爸爸出去约会，所以就由我来做饭。出去之前妈妈会花相当长的时间来化妆，奔向外面铁楼梯的脚步声也很欢快，说实话还真受不了啊。

❖

我曾以为永远都不会过去的今年的梅雨季，在进入八月后结束了。不过与正式的夏天还差得很远。每天都有点阴，最高气温不过二十八摄氏度。

八月九日是星期日，我一个人坐电车来到常陆县北部一个沿海城市。去那个地方乘公交花了四十五分钟。巴士站前有一个圆木大门，右侧柱子上垂着一个手雕的柏木牌子，上有"常陆北家庭学校"字样,柱旁四处都围着金属丝网。进到里面之后,到处都是各种种类的菜园。土豆、圆葱、黄瓜、番茄、青椒、南瓜……我穿过拾掇得很好的菜田,来到一个三间屋的木造平房。八月的凉风吹拂着,湿润的风带来海的气息。

我在接待处的访客单上写下了自己的地址和名字。下面一栏是与探视人的关系。上面印的第一个选项是"家人",我用铅笔慢慢地在这上面画了一个圈。

我来到会面室。从窗户可以远远地看见海,上面也没有镶嵌金属丝网,屋里也没有透明的隔板,就是一间大约三坪大的普通房间。中间放着一张带着厚红松面板的桌子和两张椅子。我坐在椅子上,等了十五分钟。

我进来的那扇门打开了,和枝被老师带了进来。老师走到门旁边就回去了。和枝穿着像工厂制服似的灰色衣服,蘑菇发型变成了短短的小子头。弟弟背对着海坐在椅子上。

我望着他被晒黑的健康脸庞,问道:"还好吗?"

"嗯,挺好的。"

"我今天来,是有件事想告诉你。"

比以前开朗许多的和枝一副不可思议的表情。

"我也知道夜之王子是谁了。还有,那个王子死掉了。虽然下场很可怜,但这样就不用担心瑞叶了。"

和枝似乎吃了一惊。然后,笑容浮上了他的脸庞。

"这就好，不过那个王子怎样都无所谓了。我能来到这个机构真是太好了，在这里每天从早晨起来到睡觉一切都被决定好了。自己什么都不用考虑，特别轻松。然后我就明白了，自己是那种被人命令着行动的人。我只要做好那些被定好的正确的事，就不会再给谁添麻烦了。这样挺好的。"

和枝开朗地笑着，心里好像变成真空一样。我周围的空气渐渐变得稀薄起来。

"仔细回想一下，我过去是个不好的机器人，现在是个按照正确程序运行的机器人。机器真是好啊，比人要好多了。我离开这个学校之后，想去学工科。"

说完，和枝摸了摸左手腕上戴着的佛珠。这是妈妈送的。

我下定决心，问道："你怎么看你做下的事情？"

"我有时也会想想，一想起来就感觉那件事好像是在热水中发生的，所有的感觉都一点点扭曲。我会想，犯错的究竟是我呢，还是松浦学长呢？但肯定还是我吧。"

他说这话的时候，我一直看着和枝的眼睛。随着谈话的进行，他的眼睛也深深地澄明起来。我想到了松浦死前的样子，那双湿润的玻璃珠似的眼睛，映着深渊的眼睛。

突然，一阵恐惧袭来。

我立刻转换话题，和他说起家人的近况。不过和枝似乎不太关心。

我又提到了和枝喜欢的书和电影。

"那些都是编出来的东西，已经够了。"

和枝除了对被规定好的现实生活，对一切都漠不关心。这就是帮助儿童自立的机构？强硬束缚住他们的生活，让他们的头脑变得什么都思考不了。继夜之王子之后，又是谁在往这空虚的头脑中吹风呢？

最后，我把妈妈和瑞叶的信以及装着巧克力和糖果的包裹递给他。

和枝的眼睛里闪着亮光。

"在这里甜食永远都不够啊。谢了。"

和枝又被老师带走了。和枝离开之后，窗子外只剩下暗灰色的天和海。我想起了跟妈妈和瑞叶一起去过的台场的海。

不能放弃。我下定决心了，在到达灰色港口之日到来之前，要用尽全力在那片灰色的海洋中航行。

不能只因一次会面，就把和枝丢到那片海洋之中。

❖

八月的第一周，香樟树下的聚会重开。我们谈论着没有答案的问题和只能付之一笑的现实，一起度过了凉风吹拂的夏夜。周围没有大人，只有樟脑清爽的香气。黑暗的夜晚，十四岁的我们闲聊着一些让人着迷的傻事。

我们决定进行一次县外研修，把香樟树聚会的场所挪到了东京的原宿。我的右边是一身牛仔的春纪，左边则是穿着黑色迷你连衣裙的长泽。

在竹下大道夏日祭一样的人海中，春纪说道："真好啊，阿土被我们两个这么漂亮的孩子围着。喂，别以为这种幸福会永远持续哦。"

说完，不知道为啥，春纪曲起膝盖顶了我后面一下，还挺疼的。

长泽像往常一样，只是酷酷地微笑。

我知道这种幸福至少还能持续半个"永远"……

暑假还剩下二十多天呢！

激发个人成长

多年以来,千千万万有经验的读者,都会定期查看熊猫君家的最新书目,挑选满足自己成长需求的新书。

读客图书以"激发个人成长"为使命,在以下三个方面为您精选优质图书:

1、精神成长
熊猫君家精彩绝伦的小说文库和人文类图书,帮助你成为永远充满梦想、勇气和爱的人!

2、知识结构成长
熊猫君家的历史类、社科类图书,帮助你了解从宇宙诞生、文明演变直至今日世界之形成的方方面面。

3、工作技能成长
熊猫君家的经管类、家教类图书,指引你更好地工作、更有效率地生活,减少人生中的烦恼。

每一本读客图书都轻松好读,精彩绝伦,充满无穷阅读乐趣!

认准读客熊猫

读客所有图书,在书脊、腰封、封底和前后勒口都有"**读客熊猫**"标志。

两步帮你快速找到读客图书

1、找读客熊猫

2、找黑白格子

马上扫二维码,关注**"熊猫君"**

和千万读者一起成长吧!

图书在版编目（CIP）数据

美丽的孩子 / (日) 石田衣良著 ; 孙棣译. -- 北京：
北京联合出版公司, 2018.4
　ISBN 978-7-5596-1474-2

　Ⅰ. ①美… Ⅱ. ①石… ②孙… Ⅲ. ①长篇小说—日
本—现代 Ⅳ. ①I313.45
　中国版本图书馆CIP数据核字(2018)第003219号

UTSUKUSHII KODOMO by ISHIDA Ira
Copyright © 1999 by ISHIDA Ira
All rights reserved.
Original Japanese edition published by Bungeishunju Ltd., Japan
Chinese (in simplified character only) translation rights in PRC reserved by Shanghai Dook Publishing Co., Ltd., under the license granted by ISHIDA Ira, Japan arranged with Bungeishunju Ltd., Japan through TUTTLE-MORI AGENCY, Inc., Japan and Beijing GW Culture Communications Co. Ltd., PRC.

中文版权 © 2018 上海读客文化股份有限公司
经授权，上海读客文化股份有限公司拥有本书的中文（简体）版权
著作版权合同登记号：01-2017-7925

　　　　　　　　美丽的孩子
　　　　　　作者：[日]石田衣良
　　　　　　译者：孙棣
　　　　　　责任编辑：牛炜征
　　　　　　选题策划：读客图书　021-33608311
　　　　　　特邀编辑：许明珠　黄迪音　唐正瑛
　　　　　　封面设计：刘倩　张雪楠
　　　　　　版式设计：陈宇婕
　　　　　　责任校对：绳刚　曹振民

　　　　　　　北京联合出版公司出版
　　（北京市西城区德外大街83号楼9层　100088）
　　　　三河市吉祥印务有限公司印刷　新华书店经销
　　字数145千字　　　890毫米×1270毫米　1/32　　8印张
　　　　2018年4月第1版　2018年4月第1次印刷
　　　　　　　ISBN 978-7-5596-1474-2
　　　　　　　　　定价：38.00元

如有印刷、装订质量问题，
请致电010-87681002（免费更换，邮寄到付）